新典社選書74

日本近代文学はアジアをどう描いたか

野村幸一郎

新典社

目　次

序　章　表象のアジア

――その起源とフェノロサの比較文明論

はじめに

アーネスト・フランシスコ・フェノロサ（一八五三〜一九〇八）は、明治一一（一八七八）年、モースの紹介で、東京大学に着任。政治学、哲学、経済学、社会学の講義を担当した。来日をきっかけに、日本美術、東洋美術の研究に打ち込み、岡倉天心や狩野芳崖らとともに、日本の伝統美術の保護と振興のため尽力したことは、よく知られている。

明治二三（一八九〇）年、帰国したフェノロサはボストン美術館東洋部長などを歴任しているが、同館を退職した翌年にあたる明治二九（一八九六）年、ふたたび日本を訪れた際に、長期の滞在を決意。いったん帰国して、明治三一（一八九八）年、三度目の訪日を果たし、高弟、嘉納治五郎の斡旋により、東京高等師範学校英語教授の職を得て、明治三三（一九〇〇）年まで滞在している。

さて、ハーバード大学時代、社会ダーウィニズムの研究に打ち込んだフェノロサの東京大学での講義は、ほぼそれに沿ったものとなっている。教科書にもスペンサーの書が多数採用されており、また、講演でもフェノロサは「余熟〻社会ノ起原ヲ考フルニ蓋シダーウィン氏ノ所謂自然淘汰ニ由テ起リシナラン」「自然淘汰ハ生物ノ免レザル所ナレバ原人モ必ズ之ガ為メニ或ハ生存シ或ハ死滅セシコト弁ヲ俟タズシテ明ナリ。蓋シ人類ノ漸化スルコト他ノ生物ト毫モ異ナルコトナシ」と、はっきり語っている。[1] 人間もまた生物のひとつであり、自然界の法則の内部であること、すなわち、人間もまた優勝劣敗と自然淘汰の法則の下にあり、優れた個人、民族、国家は勝ち残り、劣ったものは消滅していくほかないこと、人間界で繰り広げられる進化の営みを叙述することこそが普遍的真理に達する道筋であること、これが東大教授時代のフェノロサの学問上の立場であった。

ところが、もう一方でフェノロサは、社会ダーウィニズムとはまったく正反対の学問的立場、思想的立場をあわせ持っていた。斎藤光によればフェノロサはハーバード大学の卒業式で優等生として朗読した「汎神論」以来、中年になってもエマーソンから離れず、終生エマーソン主義者であった。[2] 実存的本質を欲望に求める社会ダーウィニズムと霊魂に求めるエマーソンでは、人間の道徳的価値や宗教的価値に関して真逆の像を結ぶことになる。その意味でフェノロサの思想的立脚点は絶えず不安定な宙づり状態にあった。別言するならば、ここにこそフェノロサの思索の源泉があったとも言える。

フェノロサは彼の思想的出発点である「汎神論」で「私たちは物質を必ずしも軽蔑できない。暖かな陽光が牧場の露を煌かせ、さわやかな微風が川から立ち昇り、大気が小鳥たちの楽しげな朝の挨拶に満ちる時、私たちはいかに悪しき形而上学的夢も払うことのできない周囲の事物との一致、調和を感じる」、「私たちが物質を愛するのは、物質から精神を追放できないからである」と語っている。[3] このようなフェノロサの思想をひと言で説明するならば、物質の形而上学、あるいはアニミズムを彼は志向していたと言ってよい。社会ダーウィニズムの立場からすれば、物質は文字どおりの物質であって、カントの言う interest、個人的な利害＝関心的態度を持って眺められることになる。言い換えるならば、物質は私の欲望を拡大する手段になりうる範囲においてのみ関心が持たれることになる。

一方、エマーソンを信奉したフェノロサは、汎神論の立場から世界と人間の救済を目指した。人間の実存的本質は物質ではなく「神の心と愛」であり、その「神の心と愛」によって眺められた時、自然は物質以上の何かが内包されていることを発見することになる。これがフェノロサが語る汎神論のエッセンスである。欲望の対象としてではなく、「神の心と愛」によって眺めることで、物質の精神性を発見していくことが、フェノロサにとっての人間救済であった（前掲「汎神論」）。とするならば、物質の形而上学を企図するフェノロサが美へ、さらに言えば東洋の美へと傾斜していくのは、必然的な道筋であったと言ってもよい。西洋人フェノロサの目には、科学を万能視する西洋近代文明にあっては決定的に欠けているものが日本や東洋の文明には存在するように映った。東洋への傾斜はフェノロサにとって精神性を失った西洋文明を救済する道筋でもあった。

反近代の系譜学

ここであらためてスピリチュアリズム・アニミズムについて、一般的な理解を確認しておきたい。ふつうアニミズムは樹木や岩石などの自然物に霊的存在を認め、これを崇敬するような信仰、あるいは、人間や死者に「生霊」や「死霊」のあることを認めてさまざまな儀礼を行う信仰を意味する。E・B・タイラーは『原始文化』で、カナダ、ブラジル、アフリカでは、キリスト教やイスラム教に接触することで、多神教の宗教形態が「最高神の教義に達して、明らかな統一した完成」を為しとげたと論じている。[4] タイラーは、アニミズムを母胎とする信仰形態がやがてキリスト教に代表される一神教へと進歩していくと理解したわけである。唯一絶対神を信仰し、組織化された教団や巨大な宗教施設、膨大な聖典が完備した信仰形態に向かうプロセスが、タイラーにとっての宗教の「進化」であった。

一方、フェノロサは明治一一（一八七八）年、ヨーロッパにあってはキリスト教が盛んになるにつれてスピリチュアリズムは退けられていったが、実際にはその信仰の形態は残っており、「古画ニ臨終者ノ口ヨリ細小ナル人像ヲ吐出スヲ描キタル者今多ク存ス。欧巴ノ農民多クハ魂魄ノ能ク飲食シ死傷スルヲ信ス」、「スピリッチョアリズム説ノ尤有名ナル著述家魂魄ノ重サハ三四オンセスアリト説ク」と語っている。[5] おそらくこの文章は、時期から見て、スピリチュアリズムを日本に紹介したもっとも初期の部類に属するはずである。この文章では、啓蒙的な観点から霊魂や精霊の迷妄性を指摘するのではなく、キリスト教にも霊魂信仰は入り込んでおり、さらには心理学の観点からもその実在を証明しようとする試みがなされていると語られている。霊魂の存在を否定するのではなく、科学的には証明されてはいないが存在するであろう何かとして語られているわけである。

「耶蘇教欧巴ニ盛ナル至リ魂魄ヲ以テ漸々無形物ナリトセリ。然トモ方今ニ至マテ尚ソノ半ハ実物ナルノ信仰残存ス」と語るフェノロサの主観に寄り添うならば、タイラーの言うような多神教から一神教への進化という考え方は退けられることになる。教義としては一神教の体裁をとるキリスト教も、民間信仰の領域にあっては、スピリチュアリズムを内包しており、いまだ多神教でありつづけているような二重構造をもっているということになる。

このようなフェノロサのキリスト教理解は西洋文明に対する危機意識への裏返しとしてある。フェノロサが西洋文明の精神的堕落を告発した言葉をいくつか取り上げてみよう。

今日西洋を見渡しまするると奇妙な傾向がある。即ち団体主義とでも名を付けますか、己人が各々自由に自分の智識を使つて自由に総ての事をする代りに、国体を造つて共同して事をするのである。何をするにも皆なが合併でやつて行かうと云ふ傾向が一般にあると思ひます。此傾向の大いなる原因の一は、此最近百年間に於て民政政治と云ふ思想が盛んになつたことである。即ち人民全体が総ての事柄に参与すると云ふことであります。（中略）今日では人民の方でエライ人を妬んで自分とそれとの間に障壁を形造つて居る。此共和的傾向の盛んになつた。(6)

ここで展開される西洋文明批判がニーチェ、とくに『権力への意志』前後におけるニーチェの思想を援用したものであることは言うまでもない。

私たち日本人は、西洋人について、個人主義的で集団との協調を拒みつつ、自らの意志や判断を貫くというイメージを抱きがちである。このようなイメージに照らしてみれば、西洋人は「団体主義」的であり自由意志を否定して国家単位で動こうとする、というフェノロサの言葉はかなり意外に感じる。

しかし、フェノロサの言うところの「団体主義」という言葉は、一般的な意味で用いられているわけではない。フェノロサは西洋人の人格や自我が団体主義化、ステロタイプ化してしまった原因を、近代市民社会の「エライ人を憎み、恨み、妬むと云ふやうな風」に求めている。これは明らかにニーチェが、たとえば『権力への意志』で、「畜群の本能は、中間のものと中位のものとを、最高でこのうえなく価値あるものと評価するが、これは、多数者が住みついている場所であり、多数者がこの場所に住みつくやり方である」、「畜群は、おのれ以下のものにせよおのれ以上のものにせよ、例外者を、おのれに敵対し危害を加える何ものかであると感取する」（原佑訳）と指摘したのと同じ、ルサンチマンを意味している。万人には平等に人間としての普遍的価値が内包されているという理性信仰の立場に立てば、精神の領域での貴賤はなくなる。高貴な精神性の持ち主を、人々が民主主義の名の下に平等の位置にまで引きずり下ろそうとする姿に、ニーチェはルサンチマンを見た。フェノロサの言葉は明らかに、このようなニーチェの主張をふまえたものである。つまり、フェノロサが言うところの団体主義とは、近代的自我なり人間性、ヒューマニティの不在を意味するのではない。それとは反対に理性、個人、ヒューマニティといったステロタイプ化された近代市民社会における人間類型に個々の人間を押し込めることを意味している。芸術家のような天賦の才に恵まれた高貴な精神性をもつ存在を平準の位置にまで引きずり下ろそうとするような、近代市民社会の志向性を指してフェノロサは「団体主義」と言い放ったのである。

念のために付け加えておくと、フェノロサがニーチェを援用しているからと言って、彼がニーチェ主義者であったわけではない。エマーソンの影響下にあるフェノロサが求めた精神性には、霊魂や霊性といった語調を含意している。言うまでもないことだが、ニーチェが唱えた「権力への意志」は理性やコギトの外部に広がる人間存在全体を指し示した概念である。両者は何をもって人間存在と言うのかという点に関してまったく異なったイメージを抱いている。フェノロサは西洋文明の精神的危機を告発するに当たってニーチェの思想を便宜的に借用しているにすぎない。

またフェノロサはニーチェだけではなく、西洋文明を批判するに当たってマルクスをも援用している。たとえば「内地雑居に関して日本の教育の将来を論ず」でフェノロサは、「大体に於て国民の富が殖へるかと問へば終には極僅かの一、二の人の手に帰して」「権力が僅かの人の手に帰すれば必ず暴虐を生ずる」、「富を以て全体の政府を買う事が出来るのである」、「競争に拠つて個々人々の力を伸ばして行かうと云ふ方法は決して永続すべきものでは無い」と述べている。(7) フェノロサが語る少数者による富と国家権力の独占という指摘は、『共産党宣言』の「近代のブルジョアジーそのものが、長い発展行程の産物であり」「大工業と世界市場とがつくりだされてからは、近代の代議制国家において独占的な政治的支配をたたかいとった。近代の国家権力は、ブルジョア階級全体の共同事務を処理する委員会にすぎない」（村田陽一訳）という言葉とほぼ一致している。もともと社会ダーウィニズムを研究していたことを考えれば、フェノロサが、人間世界における自然淘汰・優勝劣敗の具体的イメージをマルクスから学んだとしても、それほどおかしくはない、というよりは、むしろ自然である。ただし、フェノロサの場合、経済上の交通の網の目が広がり、世界がブルジョアジーとプロレタリアートに分かたれたというような、普遍的現象として資本主義文明を持ち出しているわけではない。西洋文明特有の現象として、空間的にとらえ直して語っている点に注意を払わなくてはならない。優勝劣敗の果てに現れる階級対立も、資本の自己増殖運動も、フェノロサの目には西洋文明特有の現象として映っている。

マルクスを援用したと言えば、「東西文明の比較一班」でもフェノロサは、西洋文明は「力を集め金を集める」点で長じているが、「力と云ふ者は方法であつて目的ではない」はずであり、「何の為めに力を使ふか、西洋では何の為めにと云ふ目的は分からない」ままである、富や力自体が「西洋の文明の目的で、此れ以上の目的を知らない」と語っている。(8)

ここでフェノロサが西洋文明の特徴として指摘しているのが、いわゆる資本の自己増殖運動である。マルクスは『資本論』で「資本主義的生産過程の推進的動機と規定的目的は、能うかぎり大なる資本の自己増殖、すなわち能う限り大なる資本の剰余価値の生産であり、したがって、資本家による労働力の能うかぎり大なる搾取である」（向坂逸郎訳）と語っている。いわゆる剰余価値説である。フェノロサの西洋文明批判はこれとほぼ符合するものとなっている。資本主義経済にあっては資本は自らが拡大することを目的とするとマルクスは論じた。いわゆるG－W－G′である。フェノロサの比較文明論は、一九世紀西洋の様々な思想的潮流をどん欲に吸収する形で形成されており、ダーウィンやスペンサー、ニーチェだけでなくマルクスまでも下敷きにしている。

それはともかくとして、資本の自己増殖を特徴とする姿にフェノロサは文明の目的を欲望の拡大のみに置くような、西洋文明の精神的堕落を指摘している。フェノロサに言わせれば人生や社会、世界の目的は資本の自己増殖運動を超えたところに、言い換えるならば、欲望の拡大ではなく精神的価値の拡大にある。欲望に実存的価値を求めるかぎり、個体間の精神的貴賤はなくなる。万人が美や崇高とは無縁な俗物として平準化されることになるのだ。もともと社会ダーウィニズムについて深い造詣を持っていたフェノロサであれば、マルクスの議論を了解することはさほど困難ではなかったはずである。資本が自己増殖を企図するということは、これを人間の活動の側から見れば、個々の人格が競争と淘汰を繰り返すことを意味する。言い換えるならば、フェノロサは、資本の運動として社会ダーウィニズムを捉え直した思想として、マルクスを了解していたと考えていいだろう。資本の自己増殖運動に巻き込まれていくとき、私たちの実存様式の核心部分が霊魂から欲望へと変容を強いられていくとフェノロサは考えていたのである。

このようなフェノロサの文明論を突き詰めていけば、精神的高貴性を実現する人間は、資本の自己増殖運動の外部、言い換えるならば西洋文明の外部に位置することではじめて可能になることになろう。だから彼は東洋、とりわけ日本文化に西洋文明を超越しえた価値を「発見」することになった。西洋との対比の中で、欲望の拡大を目的としない文明のありようを、フェノロサは東洋文明に発見したのである。

フェノロサによれば、たしかに東洋文明は西洋文明と比べて戦争や学問、政治体制において劣っている。しかし、東洋文明にも優れているところもある。「東洋は常に其方法なしに目的を考へ、始終、此の目的を貫かんとすることに於て長じて居る」。文明はただただ進歩すればよいというわけではない。「何の為めに文明に進むか、何の為めに金を集めるか、何の為めに権力を増すか、一番価値のある事は何か、真正の価値は如何なる処にあるかと云ふやうなことを考へ、始終之を実行すること」が重要であり、東洋文明はこの点において西洋よりもはるかに先を行っている。(9) フェノロサによれば、東洋では欲望を超えた超越的価値が機能しており、資本の自己増殖運動もその管理の下にある、別言するならば、欲望や資本、富と対立する精神的価値が東洋文明にあっては中心的な位置を占めていると言うのである。

そしてフェノロサは、ニーチェを援用しつつ、欲望に実存的本質を求める近代市民社会の俗物主義を超越した姿を、日清戦後の日本に発見することになる。「東西文明の比較一班」でフェノロサは、日清戦争後、日本人は自信を持ちはじめ西洋人に対して生意気な態度を取るようになったと、西洋人が日本人に対して抱く印象を紹介する。しかし、彼に言わせればそれは間違いであって、今までが「何んでも皆西洋人の奴隷のやうになつて西洋人の真似をして」いたに過ぎない。もし、日本人に自分の信じるところがあって西洋の模倣をやめたのであれば、なんら羞じるところはない。フェノロサはこのように論じている[10]。

そして彼は、そのような日本人の姿にむしろ、新しい文明の萌芽を指摘することになる。フェノロサは「東西文明の比較一班」で、「日本の文明と西洋の文明が今日に於て合体すると云ふことは必要」であって、「西洋の文明は下等なる与論に平均して一様の中に陥らんとして居る」、だから日本が体現する「自由独立を貴ぶと云ふ思想を西洋の文明に入れ」なければならないと語っている[11]。この文章の興味深い点は、西洋人には個人の意志や自我がないと言う、同じフェノロサが、日本人には自由独立の意志が備わっていると指摘している点である。この言葉は今日の私たちが抱くイメージとは真逆の像を結んでいる。日本人が自らには備わっていないとイメージする個人の意志や自我が、フェノロサの目には備わっているように映っているわけである。

私たちの常識から見れば転倒しているようにも見えるフェノロサの指摘は、何に由来するのだろうか。さきほども指摘したように、ニーチェの影響の下で、彼の目には、西洋人が精神の自由を奪われ平準化された存在、近代市民社会の人間類型にその精神を押し込められた団体主義的人間として映っていた。そのフェノロサの目には、日本人が西洋人に欠けたものを獲得しえているように映った。たしかに、西洋文明から自由であることをもって、「自由独立」と呼ぶならば、日本人はフェノロサの言うように自由独立を実現していることになる。しかしそれは、ニーチェの言う超人、精神的貴族性を意味するものではない。近代市民社会のルサンチマンにさらされる精神的貴族性、超人とは、あらゆる共同体の価値規範から自由になり自らが価値創造者となることを含意している。一方、フェノロサが展開した東西文明の比較考察にあっては、西洋文明から自由であればすなわち自由意志の持ち主であると語られている。別言すれば、非西洋文明圏に生まれ育てば、とくに努力しなくても、西洋近代市民社会の俗物性から自由であることを意味してしまうことになる。しかしこのようなフェノロサの思考は明らかに認識論的転倒を抱え込んでいる。日本人はたんに西洋近代と無縁に生きていたに過ぎない。思想的積極性を自覚して投企したわけではないのだ。自然な姿として西洋文明と無縁に生きてきた日本人を指して、西洋近代を超克しえていると言うフェノロサの指摘は、西洋人によって発見された思想的表象ではあっても、日本人や東洋文明の本質を言い当てた言葉ではない。

さらにフェノロサの文明観は明治維新の世界史的意義の評価へと向かうことになる。フェノロサに言わせれば、「日本は西洋の仰々しい材料を用いてその炎を再び燃え上がらせようとする一方、西洋文明が迷い込んだ物質主義の幻影を見通す不思議な力を持った唯一の国」である。東西文明の融合は「二千年前アレキサンダー大王がギリシアの国境をインドと接せしめて以来今や二度目の機会であり」、その試みは想像できないようなまったく新しい文明の創造を可能ならしめる。そして、「日本こそ我々の最も注目すべき先達者となる測り難き力を持つ国」であり、「精神的要素こそあらゆる問題を解決する鍵であるとする日本的思考」は、今後一〇〇〇年、全世界に君臨すべき新しいタイプの文明人を日本の土地に誕生せしめるだろう、というのがフェノロサの予言であった。(12)

東洋に位置する日本が西洋文明をどん欲に吸収し、文明開化に猛進する姿に、フェノロサは東西文明融合の姿を見た。明治維新がアレキサンダー大王以来の東西文明融合の試みと位置づけるのは、私たち日本人から見れば、あまりにも大げさすぎると感じるし、そもそもたとえば、福沢諭吉の『学問のすゝめ』や『文明論之概略』を見ても、文明の融合などという崇高な精神的目的を明治人が持っていたとはおよそ考えられない。時期はややさかのぼるが、福沢諭吉は『学問のすゝめ』で、「国の文明は形を以て評す可らず。学校と云ひ、工業と云ひ、陸軍と云ひ、海軍と云ふも、皆是文明の形のみ」「この形を作るは難きに非ず、唯銭を以て買ふ可しと雖ども、こゝに又無形の一物あり」「真にこれを文明の精神と云ふ可き至大至重のものなり。蓋し其物とは何ぞや。云はく、人民独立の気力、即是なり」（岩波文庫）と語っている。福沢にとって精神性が欠落しているのはむしろ日本人の方であった。福沢に言わせれば、日本こそ幕藩体制下の身分制社会にあって、社会に対する責任主体としての近代市民精神は育てることができなかった。結果、一部の士族を除いて日本人はみな、自分の安危にのみ関心を奪われる俗物と化してしまった。日本人は西洋人を見習って「文明の精神」「人民独立の気力」を養わなければならない。植民地化への危機を前にしても危機を共有しようとしない日本人の無責任ぶりに、福沢は苛立ちを隠すことができなかったのである。フェノロサが俗物的と批判した近代市民精神に、福沢は日本人が獲得すべき精神的価値を見ていたわけである。近代市民はブルジョアジーとして欲望を拡大していく主体であると同時に、市民として社会に対して責任を負う主体でもある。フェノロサは前者に西洋近代の俗物性を指摘し、福沢は後者に西洋文明の精神性を見た。言い換えるならば、列強による植民地化への危機意識の中、福沢にとっては後者こそが日本の現実が痛切に希求する日本人の実存様式であったのである。フェノロサの言葉は、西洋人が西洋人にむかって発信した思想的言説ではありえても、当時の日本の現実を踏まえた発言ではない。

もう一つの「進化」

そしてフェノロサは、東洋あるいは日本を、西洋文明が今後進むべき目標として再定位する

「もうひとつの進化論」を構想することになった。遺稿である『東亜美術史綱』がこのようなフェノロサの思想的営為をもっとも明確に伝えている。たとえば、同書の冒頭で語られる「支那国民も人類一般の本性に依り、変化し進歩するものなることの明瞭なる概念を得んと欲する人々の為めに、此の書を記すなり」、「総て支那の制度、哲学、美術、文章、及詩藻は、新なる生活を得ん。是れ一の健全なる進化論に外ならず」、「美術は人類精神の動静を計る為めの、頗る鋭敏なる晴雨計なり」という言葉がそれである。[13]

この文章では「支那国民」と語られているが、むろん、本書では日本美術も大きく扱われており、フェノロサの史観の内部では、日本もまた「もうひとつの進化」を実現している。それはともかくとして、ここからフェノロサが、社会ダーウィニズムやマルキシズムが提示した「進化」の概念を普遍化せず、西洋文明特有の現象と限定したことと表裏をなす形で、それとはまったく別種の進化を東洋文明が実現したと、主張していることが分かる。西洋の学説においては東洋文明には進化がないと見なされている。しかし、進化とは、優勝劣敗と自然淘汰の果てに現れる経済力や軍事力の「進化」、その結果、引き起こされるブルジョア階級の台頭と国家の専有、資本の自己増殖運動といったような物質文明の進化だけを意味しない。東洋において「進化」しているのは「人類精神」であり、それは、東洋美術の変化のプロセスをたどることによって明らかになる。『東亜美術史綱』は、美術を主なる対象として扱うことで、東洋文明を精神の「進化」過程として叙述しようとするフェノロサの意図によって貫かれている。

本書にうかがわれるフェノロサの文明観は、絶対精神が自己を実現していくプロセスとして歴史を定義するヘーゲルの思想を連想させるものがあるが（実際フェノロサは明治二九（一八九六）年一月、高等師範学校で行った「文学の理論に関する予備的講義」で、スペンサーの進化哲学は生物学の観点からのみ叙述されるので歴史研究には役に立たない、ヘーゲル哲学こそが必要とされると、論じている）、それはさして重要ではない。大切なのは、このようなフェノロサの文明論において は、西洋文明がマイナス価値の側に、東洋文明がプラス価値の側に置かれている、そのこと自体にある。

フェノロサの意図は、進化という認識論的布置を複眼化するところにあった。ダーウィンやスペンサーの進化論が単線の進化だったのに対して、フェノロサは形而下の進化と形而上の進化を別の進化過程として位置づけた。文明の進化に対して文化の進化という認識論的布置を対峙させることで、武力や経済力とは別の次元で、アジア・日本と西洋との優劣を逆転させたのである。

付け加えると、今日から見て、フェノロサはかなり強引な論法で自身の文明論を構築している。とくにキリスト教に関するフェノロサの説明はそうである。西洋で成立したと言っても、当然のことながらキリスト教は物質文明の側に分類しうるものではない。この点に関してフェノロサは、そもそも「耶蘇の説いた仁愛の主義—博愛の主義は人を制して己れの富を増して行くと云ふ欧羅巴一般の物情に正反対である」、「何故耶蘇教が欧羅巴現在の有様と反対して居るか。即ち耶蘇教は元来東洋から来たものである」と説明するのだ(14)。

フェノロサに言わせれば西洋文明にあって経済活動と信仰は矛盾している。経済活動に参加する時、人はキリスト教、すなわち愛を棄てねばならない。ここからフェノロサは論理を一歩進めて、欲望の無限の拡大と資本の自己増殖運動が西洋文明の本質であるとするならば、それとは絶対的に相容れないキリスト教は西欧の外部に起源を持つはずであると語り始めることになる。おそらくは、もともとキリスト教がオリエント、具体的にはエルサレムで成立したことを指しているのだろうが、今日から見ればフェノロサの文明論はやはり牽強付会の感をまぬがれえない。たとえば、マックス・ウェーバーは『プロテスタンティズムの倫理と資本主義の精神』で、プロテスタンティズムが内包する勤勉のモラルが労働力の飛躍的な拡大をもたらしたことを明らかにしている。また、資本主義の発展は共同体（国民国家）を解体する方向に導くわけだが、同時に資本主義経済はその庇護者たる国民国家と密接に連携している。資本主義経済はみずからを維持するために、共同体の解体をもたらすみずからの遠心力を相殺する求心力を同時に求めることになる。ナショナリズムもキリスト教も共同体の形成原理である意味において、資本主義システムを裏側から支える機能を果たしている[15]。

フェノロサの文明論にあっては、西洋文明と東洋文明の対比が、形而下と形而上、物質と精神、欲望と愛、経済と信仰という対立構図を持って理解されている。この構図に当てはめる形で、キリスト教すら愛を本質とする以上は西洋文明とは相容れないと見なされ、東洋文明の側に区分されているのである。

表象のアジア

これまで述べてきたようなフェノロサの思想、とくにアジアや日本をめぐる考察は、今日から見て功罪二つの側面を持つ。

まず功の側面である。とくに後半生、フェノロサはさかんに、東西文明の融合を論じているが、言うまでもなくフェノロサは日本の西洋化を企図したわけではなかった。むしろ、日本の益にならないと、厳しい口吻で批判している。フェノロサがもくろんでいるのは、それとは逆の西洋の東洋化であり、だからこそ「私はこの東洋的精神を欧米に伝へるを以て、一生の事業とし身を献げやうと決心した」と語ることになる[16]。フェノロサはいわば、西洋版「近代の超克」論者であった。彼にとって「東洋」とは、近代文明、資本主義文明を超克した先に西洋が向かうべき方向を示唆するような思想的表象である（東洋の人たちは、べつにそんなものを超克した覚えはないはずだ)。それゆえ、東洋を「停滞」ではなく「進化」として、西洋文明とは異なる「進化」を実現したもう一つの文明として叙述し、西洋に向かって紹介しようとしたのである。

東洋の美術を精神の進化過程として叙述した『東亜美術史綱』は、今日から見てフェノロサのもくろみとは別の場所で、言い換えれば、執筆の目的ではなく、方法論のレヴェルにおいて、画期的な学問的叙述と成りえている。東洋の文明を「進化」という知の枠組みに基づいて叙述すること自体が、フェノロサが生きた一九世紀の学問、思想上の潮流の中では特異な試みであった。「畢竟分類は盡く虚偽なるものなり。歴史は複雑なる現象の特異の連続なり」、「何々美術と云ふ如き一般名称は、唯だ便宜の為め、或る一部の美術に共通なる傾向を指すに過ぎず。然るに之を以て、始めより確定限定せるものゝ如く思惟するは誤なり」と、フェノロサは繰り返し、従来の美術に関する言説が侵してきた認識論的転倒を批判している。文脈を見る限り、フェノロサの批判は西洋美術に関する従来の学説にも及んでいるが、西洋人による西洋文明の類型化と、東洋文明の類型化では、その意味するところがまったく異なる。前者は表象を実体と錯誤するような単なる誤認を意味するが、後者は非西洋文明の「停滞」を前提として抱え込んでしまう、オリエンタリズム的叙述、その裏返しであるオクシデンタリズム（西洋中心主義）を指してしまうからである。前者が認識論のレベルに属する問題である（「進化」しつつあることを表象が隠蔽してしまう）とするなら、後者は植民地主義の問題と直結している（非西洋圏には「進化」がないことの自明性を確定してしまう）。いずれにせよフェノロサの批判の主眼が、西洋人学者による東洋文明の叙述のしかたにあったことは間違いない。異なる文化を理解する上で採用される「人種主義の色彩が濃厚な類型学を通して表現される観念」は、西洋が東洋を可視化するための装置であり、東洋そのものとは何の関係もない。したがって、やがて「その概念もろとも人種差別主義の方向へ突きすすむ」ことになる。[17]

今日から見れば、「進化」という認識論的枠組みを東洋文明の叙述に持ち込むことで、結果的に、『東亜美術史綱』は、いわゆるオリエンタリズムと対峙している。異文化の「停滞」を自明視し、類型化していく叙述のあり方、その基底に偏在する西洋中心主義的な知の枠組みを批判するかっこうになっているのである。

しかし、フェノロサの文明論は、これと表裏をなす形で負面を抱え込んでいる。「進化」する東洋文明と言っても、それもやはり西洋人によって案出された「観念」にすぎなかった。結果、フェノロサの思想は、彼の思惑を超えて、近代日本の思想的水脈に大きな波紋を起こすことになる。周知のように、フェノロサによって発見された表象としての「アジア」は、やがて高弟、岡倉天心に流れ込み「アジアは一つ」というスローガンへと結実していくことになる。

もちろん、天心の場合は美学上の主張であったわけだが、政治的文脈で理解される余地は十分にあった。とくに昭和になってからは、このスローガンは禍々しい光彩を放ち始めることになる。言うまでもないことだが、近代日本で流通した「アジア」言説がすべてフェノロサと天心によって形成されたわけではない。表象はいつも無限の源流と支流を内包している。しかし、その始発点に位置する有力な源泉の一つではある。

端的に言うならば、近代日本が西洋との関係にあって誇大妄想的な自己像を抱きはじめた源流をたどっていくと、その一つ、あくまで一つなのだが、フェノロサが社会ダーウィニズムを反転させる形で「アジア」、ことさら「日本」を、文明の進化のベクトル上において西洋文明の上位に定位した事実に突き当たることになるのだ。

坂口安吾は『日本文化私観』で「タウトが日本を発見し、その伝統の美を発見したことと、我々が日本の伝統を見失いながら現に、日本人であることとの間には、タウトが全然思いもよらぬ距りがあった」と語っている[18]。安吾に言わせれば、タウトは日本を発見しなければならなかったが、我々は発見するまでもなく、現に日本人なのであり、そうである以上そもそも日本を見失うはずはない。生活上の要求に根を持つ限りにおいて、いかに西洋の模倣であったとしてもそれは健全な日本文化である。

たとえば、福沢諭吉は日本の主体性や民族性など一顧だにせず、ひたすら西洋化の道を突き進んだ。このような福沢こそが、安吾的な意味での主体を体現している。日本が置かれている現実的要求に深く根ざしている点で、福沢の思想は、たとえ西洋模倣一辺倒であろうとも、日本の文化を体現している。

一方、岡倉天心がフェノロサの思想的水脈を継承したということは、西洋人が発見した思想的表象、仮想された空間としてのアジアが、自己意識として、アイデンティティとして日本人に受けとめられたことを含意する。別言するならば、天心によって語られるアジアや日本の自己像は、フェノロサという西洋人に与えられた表象に源流を持つ。それはすなわち、〈アジアの主体性〉すら西洋文明によって発明された意匠に過ぎなかったことを意味する。

しかも、もともとそれは西洋人が西洋に対してみずからの文明を反省し軌道修正を迫るために作られた表象であった。ニーチェやマルクスの近代批判を背負う形で、「文明」の外部への憧憬を結晶化してみせたのが、「日本」あるいは「アジア」という表象の起源だったのである。

ここに近代日本のアジア認識をめぐる大きな陥穽が潜在している。フェノロサが進化のベクトルを反転させ再定位したアジアと西洋の位置関係を、「思想」としてではなく「事実」として受け容れた時、言い換えれば、近代日本が自己意識すら西洋からの借り物ですませようとした時、その起源は隠蔽され、表象はアジアの主体性そのものへとすり替えられていく。その結果、天心は、欲望にまみれ精神的に堕落しきった西洋人に対して、美を愛し精神的崇高性を実現するアジア人、日本人という自己像を紡ぎ始めることになった。ここに、欧米人よりも自分たちの方が人間的に上等だという自己肯定感やナルシシズムが忍び込む余地が形成されることなる。

やがて昭和に入り日本は、軍事力や経済力、資源の保有量など形而下の問題として西洋との関係を理解し判断していく福沢的なリアル・ポリティクスを喪失していくことになる。精神的に崇高な民族の方が現実領域にあっても優位であるはずだと信じて、日本はアジア太平洋戦争に突入していった。このような明治国家の終焉から逆照射してみれば、フェノロサの思想的表象を岡倉天心が自己意識として継承した重みに気づくはずである。近代日本が犯したアジアや日本をめぐる認識論的転倒には、やがて日本が混乱と悲劇、破滅を招来するにいたる萌芽が潜んでいたのである。

注

（1）井上哲次郎訳「世態開進論」『学芸志林』明治一三（一八八〇）・七～一〇

（2）「エマーソンとフェノロサ」『アーネスト・F・フェノロサ資料』Ⅲ月報　ミュージアム出版　昭和六二（一九八七）・二

（3）村形明子訳「汎神論」一八七四・四　ハーバート大学公文書室蔵

（4）比屋根安定訳『原始文化』誠信書房　昭和三七（一九六二）・一一
（5）「東京大学文学部教授フェノロサ先生ガ浅草須賀町江木学校ニ於テ演説セラレタル宗教ノ原因及ビ沿革論傍聴記聞」『芸術叢誌』第二六号　明治一一（一八七八）・一二～第四〇号　明治一二・三
（6）岸本能武太訳「東西文明の比較一班」『東京専門学校文学部第二回三年級講義録』明治三〇（一八九七）
（7）有賀長雄訳『教育公報』明治三一（一八九八）・一
（8）注（6）と同じ
（9）注（6）と同じ
（10）注（6）と同じ
（11）注（6）と同じ
（12）山口静一訳「中国及び日本の特徴」『アトランティック・マンスリー』明治二五（一八九二）・六
（13）生前未刊行、邦訳は有賀長雄訳、大正九（一九二〇）年にフェノロサ氏記念会より刊行
（14）有賀長雄訳「内地雑居に関して日本の教育の将来を論ず」『教育公報』明治三一（一八九八）・一〇
（15）柄谷行人『トランス・クリティーク』岩波現代文庫
（16）『讀賣新聞』明治三二（一八九九）・一・二一～二六

（17）エドワード・サイード　板垣雄三他訳『オリエンタリズム』平凡社文庫
（18）『現代文学』昭和一七（一九四二）・二

第一章　〈脱亜〉と〈興亜〉

——森鷗外・岡倉天心の黄禍論批判

はじめに

貴族院議長であった近衛篤麿らが、有名な東亜同文会を立ち上げたのは、明治三二（一八九八）年一一月のことである。その設立趣意書には、「日清両国の交や久し。文化相通じ風教同じ。情を以てすれば即ち兄弟の親あり。勢を以てすれば即ち唇歯の形あり」、「而して列国隙間に乗じて時局日難なり」、「此時に当りて上は則ち両国政府須らく公を執り礼を尚び、益々邦交を固くすべ」しと記されている[1]。ここからも分かるように、彼らが唱えた、いわゆる支那保全論とは、列強が押し進めようとしていた東アジア分割に対する対抗軸として打ち立てられたものであった。近衛は「同人種同盟　附支那問題研究の必要」において、日本と清国の「同人種同盟」の必要性を熱心に説いている[2]。この論文の立脚点をひと言で言えば、人種主義《レイシズム》である。近衛は世界情勢の見通しについて、「東洋の前途は、終に人種競争の舞台たるを免れ」えず、「最後の運命は、黄白両人種の競争にして、此競争の下には、支那人も、日本人も、共に白人種の仇敵として認めらるゝの位地に立たむ」と語っており、これを前提として日清連携を唱えている。社会ダーウィニズムと融合したような人種主義的言説が、日本と中国、あるいは東アジアの連携を主張するための有力な「科学的」根拠であったことが分かる。

もちろん、近衛と対立した明治政府は、人種主義的視点を極端に警戒している。「所謂大亜細亜主義トハ抑こ何ゾヤ。凡ソ此ノ種ノ論法ヲ口ニスルモノハ、深ク国際間ノ情偽ヲ察セズ、動モスレハ《ママ》軽率ナル立言ヲ為スガ故ニ、忽チ西人ノ為メニ誤解セラレ、彼等ヲシテ黄禍論ヲ呼バシムルニ至ル」という伊藤博文の言葉[3]、「露骨なる人種論を提げて是等諸国の感情を害し、交誼を損する如きは政治家たる者の最も警むる所にして固より帝国政府の為すべき所に非ず」という山県有朋の言葉[4]に象徴的に示されているように、明治政府は徹頭徹尾、アジアを他者として扱おうとしている。アジアは同じ人種でもなければ、同じ不幸な境遇を共有する同胞でもない、というのが、彼らの一貫した外交姿勢である。これまでもしばしば論じられてきたように[5]、アジア諸国との連帯が西欧列強の危機意識を煽り、ヨーロッパ諸国が一致して東アジア分割に乗り出せば、日本の国家的独立はきわめて深刻な形で脅かされることになる、これが明治国家のリーダーたちの一致した世界認識であった。その結果、明治政府のアジア政策は、列強によって蚕食されつつあるアジアに対して同情を禁じ、距離を置き、西欧列強への門戸開放を促進しつつも、同時に日本の大陸における利権を拡大していくことで、帝国間競争を生き抜いていこうとしていくところに、基本的スタンスが求められることになる。その明治政府が近衛篤麿らが主張した「興亜論」あるいは「支那保全論」に与しなかったのも当然といえば当然である。

東亜同文会のメンバーでもあった、黒龍会のリーダー、内田良平は後年、日韓併合を指して

「政府者みずから西洋思想の弊害たる功利主義に堕し、明治以来朝鮮に支那に、常にかくのごとき行動を行い、聖徳を傷つけ、日本精神と絶対に相反するものあるを慨し、後世をしてふたたびこれを繰り返さしめざらんことを戒しむる」と書き記している。(6) もちろん、東亜同文会や黒龍会の主張が孫文の大亜州主義とまったく重なっており、対等な関係で日本と朝鮮、中国が合邦することを目指していたと言うつもりはない。彼らもまた日本がアジアの盟主となるべきことを疑ってはいない。しかし、逆から言えば、そのような内田の目にすら、明治以来の日本の大陸政策が、列強によるアジア分割と何ら変わりはないものと映り、怒りを感じていたとも言える。

日清戦争から三国干渉を経て日露戦勝に至るまでの時期、アジア、とくに東アジアの問題は、明治国家の前途と密接に関わる、もっとも重要な外交上の課題であった。論壇においても、『太陽』や『日本人』、『東亜時論』などの雑誌において、毎号、日本は東アジアをどのように認識し、どのように処するべきか、多くの政治家、知識人が意見を寄せている。

森鷗外が黄禍論を批判的に検討し、岡倉天心がアジアの解放を訴えたのは、このような時期であった。今日から見ると、二人の議論は、ともに列強によるアジア分割を批判しながらも、その立脚点において大きく異なっていたことが分かる。印象として言えば、徹底してリアル・ポリティクスの立場に立とうとしている鷗外に対して、天心はきわめてロマン的である。

『黄禍論梗概』と「支那保全論」

まずは鷗外から検討していくことにしよう。鷗外の場合、公人としては、その立場ははっきりしている。主観的にはどうであれ、伊藤博文や山県有朋に率いられる明治政府の内部に身を置く以上、それはアジアを他者として突き放し、列強の側に身を寄せるような脱亜論の路線に従うことを意味する。『小倉日記』などを見ても、軍人であった鷗外は、明治政府と情報や分析を共有しうる立場にあったことは明らかである。明治三二（一八九九）年八月二八日の記事に記された「午前山根余等を師団司令部に集へて、参謀長会議の結果を報道す。福島安正の演説する所の列強均整の現況の如きは、耳を傾くるに足るものあり」という記述などがそれである。単騎シベリア横断三〇〇〇里で有名な福島安正は、山県有朋の側近であり、当時の陸軍における諜報部門の中心的存在であった。この文面を読む限り、直接、福島に会っているわけではないが、参謀長会議で行われた福島安正の演説内容を鷗外が耳にし、しかも、その現状分析に感心していたことが分かる。

福島が演説し鷗外もまた日記に賛成の意を書き記した「列強均整の現況」とは具体的にどのような内容であったかという点については、演説が行われる四ヶ月前にあたる明治三二（一八九九）年四月九日の福島日記から、その内容を推測することができる。この日記は、陸軍参謀長、川上操六の命令で情報収集のため中国大陸に渡ったときの記録なのだが、「南京に於ける両江総督劉坤一」との対談の中で、福島は「瓜分（筆者注、列強による中国分割の意味）は仮令一時、沿岸有数の地を占領するも、手を内地に下すの実力は無し。此点に就いて心深く列強の実力如何を検討すれば、自ずから明らかなり」と語っている。また、「陶森甲との密談」においては、「露国は今旅大の間に一万五千、沿海州に三万の精鋭を屯すと雖も懸軍万里、孤立の位置にあるを以て仮令口に大言壮語を吐くと雖も、是れ真に虚喝のみ」、「彼が震天動地の大活躍は、此の鉄道（筆者注、「西比利亜鉄道」、「東清鉄道」、「旅順鉄道」を指す）完成の日に始まる」、「膠州事件の如きは、露国の南下に比すれば、小事件たるに過ぎず」と語っている。(7)

当たり前と言えば、当たり前の話だが、鷗外のアジア認識について考える場合、ふつうの文学者や知識人と根本的に異なる点は、陸軍や政府の情報や情勢分析を、ある程度、共有できる立場にあったところにある。『小倉日記』の記述はそのような鷗外の特異な立場を端的に示している。

では、文学者、知識人としての鷗外はどのように考えていたのだろうか。もちろん、脱亜か興亜か、分割か保全かという政策上の難問に関して、鷗外が直接、何らかの私見を表明しているわけではない。ただ、明治三六（一九〇三）年六月、国語漢文学会で行われた講演記録、『人種哲学梗概』（春陽堂　明治三六（一九〇三）・一〇）、明治三六（一九〇三）年一一月、早稲田大学で行われた講演記録、『黄禍論梗概』（春陽堂　明治三七（一九〇四）・五）という二冊の著書を鷗外は公にしており、これらの内、とくに後者をくわしく検証してみると、鷗外のアジア認識をめぐる立脚点について、おおよその見当をつけることはできる。

『黄禍論梗概』は、ドイツの学者、ヘルマン・フォン・サムソン・ヒンメルスチェルナの『道徳問題としての黄禍』についての紹介と批判から成っている。

冒頭で鷗外は、本書を公にする理由を、「青眼もて白人を視、白眼もて黄人を視る。乃ち新語を造り出して黄禍と云ふ。安ぞ知らん、北のかた愛琿に五千の清人を駆りて、黒龍江水に赴きて死せしめ、南のかた旅大を蚕食して、陽に租借と称するは、人道に逆ひ、国際法を破るこ と、殆ど人の意料の外に出づるを。予は白禍あるを知る。而して黄禍あるを知らず」、「予は読者をして、白人のいかに吾人を軽侮せるかを知らしめんと欲せしなり」、「日露の戦は今正に酣なり。而して我軍愈勝たば、黄禍論の勢愈加はるべし。黄禍論の講究は実に目下の急務なり」と説明している。また、本論冒頭近くにおいて、鷗外は、「一般の白人種は我国人と他の黄色人とを一くるめにして、これに対して一種の嫌悪若くは猜疑の念をなして居るのでムりますから、吾人は嫌でも白人と反対に立つ運命を持つて居る」とも述べている。

さて、この文章が不思議なのは、興亜論と脱亜論、双方の語彙や発想法が入り交じっていることである。

たとえば、「予は白禍あるを知る。而して黄禍あるを知らず」という論理を突き詰めていけば、近衛篤麿のように、黄色人種は白人による不当な支配や略取にさらされており、一致団結して、白人の支配から脱するために戦わなければならないというような人種主義的、あるいはアジア主義的な発想につながっていく。また、「北のかた愛琿に五千の清人を駆りて、黒龍江水に赴きて死せしめ」とは、明治三三（一九〇〇）年六月、義和団事変をきっかけに満州に出兵したロシア軍による大量虐殺事件を指す。事件の詳細は同地で諜報活動に従事していた陸軍大尉、石黒真光によって日本にも伝えられている。ロシア人による中国人の虐殺という内容は、中国人に対する同情や同胞意識とその裏返しである白人に対する人種的な憎悪を喚起しないではいられないはずである。

ところが、もう一方で鷗外は、ロシアの侵略行為を「人道に逆ひ、国際法を破ること、殆ど人の意料の外に出づる」と批判している。西洋文明は普遍的な価値があり、有色人種は列強の支配を受けることで「文明」の恩恵を受けることができるという列強の論理を逆手にとって、ロシアの南下政策を批判しているわけである。このような立場は、山県有朋による「日本が欧州の強国と戦ふて勝利を得たるは決して有色人種の白色人種より強きことを証明するものにあらず。むしろ欧州文明の勢力偉大にして、よくこれを学び得たる有色人種が文明の潮流に遅れたる白色人種に打ち勝ちうることを証明するものにほかならず」という日露戦争観と通じる。[8]「文明」論を立脚点として、日露戦争を解釈し意味づけようとしている点で、鷗外と山県は完全に一致している。

このように『黄禍論梗概』序論の段階では、脱亜と興亜どちらの立場に立つかに関して、鷗外は態度を保留している、曖昧なままにしているわけだが、その理由は前著『人種哲学梗概』の非難にあったと見てよい。『黄禍論梗概』の冒頭近くで鷗外は、「世評のいろく有る中には、白人自尊の論説は吾人に興味を与へるものではないといふやうな事を申された方々もありました」、「私は全く誤解されたといふ恨みを抱く訳でムります」と述べている。『人種哲学梗概』では「敵情偵察」のつもりでゴビノーの思想を紹介したが、日露戦争直前のナショナリズム高揚期にあって、読み手と鷗外の間には相当の温度差があったようである。白色人種への敵愾心をあおるような言葉が見当たらなかったため、読み手は期待が裏切られたような気分になり、その失望感が「白人自尊の論説は吾人に興味を与へるものではない」という批判になって現れることになった。「吾人は嫌でも白人と反対に立つ運命を持つて居る」というような、戦意高揚を促すような冒頭の文章は、『人種哲学梗概』が被った「誤解」を踏まえて、弁明のために鷗外が故意に扇動的な言葉をちりばめた結果である。

次に鷗外によって紹介されたヒンメルスチェルナの黄禍論の中身について検討していく。鷗外によれば、ヒンメルスチェルナは「黄禍」という概念を二つに分けて考えている。一つは「戦争的黄禍」である。「人種間の憎悪」は「性質上元来何物であるかといふに、決して本能ではない」と記されているように、ヒンメルスチェルナは種としての本能に基づく憎悪によって人種間の戦争が生じるという見方を否定している。もし人種間の憎悪が「本能」に基づくのであるなら、黄白両人種の衝突は不可避なものとなるほかない。日本の側から見れば、列強と戦争に及ぶのは黄色人種である日本人に課せられた「天命」であることになる。ヒンメルスチェルナはこのような宿命論的な見方を斥け、過去における強引なキリスト教布教が人種間の憎悪を喚起した結果であると指摘している。

二つ目は「平和的黄禍」である。これは「商業や工業の競争の上から」黄色人が白人を圧迫することを意味する。賃金が低い日本と競争しても、ヨーロッパ列強には勝ち目はない、資本はやがて安い労働力を求めて日本に流れ込み、ヨーロッパに向けて逆輸出されるようになり、本国の産業を脅かすことになる。しかし、日本一国ならば、脅威もさほどのものではないだろう、恐ろしいのは中国において商工業が勃興してきた時である。

ここからヒンメルスチェルナの筆は日本と中国の比較に向かう。精神、能力、宗教、「軍事的気風」、政治、教育、農業、商工業、「開化の全体」、あらゆる領域において、潜在的な能力は中国が日本を上回っているというのが、ヒンメルスチェルナの見方である。そして、ヒンメルスチェルナは将来、中国の商業化、工業化が世界市場からヨーロッパを駆逐し、軍事的方面においても覚醒した中国か場合によっては日本と連携して、まず列強を東アジアから放逐し、さらには「蒙古人種の第二襲来」を企てることになると予測する。最終的にヒンメルスチェルナは、「今の独逸は支那の国土の一部分を占領して、それをたよりにして、列国との権衡を持して居る」が、中国の勃興が不可避である以上、このような政策が長続きするはずはなく、むしろ「支那政府を助けて他国の干渉を受けさせないやうにする」べきである、またヨーロッパ人が「支那の内地に入り込んで工業を起して、其製品を本国に輸入することの出来ないやうな箇條」を設けないといけないと結論づける。かみ砕いて言えば、現在の中国に対する帝国主義外交は白人に対する憎悪を喚起するだけであり、中国覚醒の後にかならず復讐されるから、今の間に政策を転換し、むしろ中国の国家的独立を手助けして友好的関係を築いておいた方がよい、ヨーロッパは目先の利益に目がくらみ、中国の工業化、すなわち「文明」化に手を貸さないようにしなければならないということになる。

さて、このようなヒンメルスチェルナの議論に関して興味深いのは、その内容が、興亜論者の主張と、ある意味、表裏の関係にあったことである。たとえば近衛篤麿は、先ほど言及した「同人種同盟　附支那問題研究の必要」で、同じ黄色人種であり地理的に近い「支那人民の存亡は、決して他人の休戚に非ずして、又日本自身の利害に関するもの」であり、「故に日本人は、平生支那人を俟つに友情を以てし、之を誘掖し、之を開導して、其進歩を計り、其発達を促がす」ように、努めなければならないと提唱している。将来予想される白色人種と黄色人種の覇権争いに備えて、日本は中国と「同人種同盟」を結ぶだけでなく、同時に中国の「文明」化を促進しなければならないというのである。

このような近衛の「支那保全論」を列強の側から眺め返したような位置に、ヒンメルスチェルナが危惧した「黄禍」は位置している。かりに中国が「文明」化し、軍事力、経済力において列強に対抗しうる実力を蓄え、日本と連携したとして、東アジア分割を目論む列強勢力はどのような行く末をたどることになるか。ヒンメルスチェルナの黄禍論は、このような観点から叙述されている。人種間衝突は「本能」ではないと見ている点では違いがみられるものの、中国の「文明」化が列強と東アジアの間の力関係を左右する分水嶺になると認めている点では、両者は一致している。「支那保全論」者の近衛が「文明」化した中国と連携して列強に対抗していこうと目論んだ、そのもう一方で、ヒンメルスチェルナは「文明」化した中国を恐れているわけである。

人種と国民

『黄禍論梗概』はこのようなヒンメルスチェルナの黄禍論に対する鷗外の批判の言葉で締めくくられている。

鷗外による批判はおおむね次の二点である。まず第一は、黄禍論が西洋の都合に基づくきわめて手前勝手な議論である、という批判である。黄禍の「平和的方面」に関しても、たんに西洋列強が「商業工業の上で競争が出来ないやうになりさうだ」と言っているに過ぎない。「戦争的方面」についても、利益圏や租借地の維持が難しくなりそうだと言っているだけであり、いずれにせよ非は西洋列強の側にある。

しかし、この批判は一見、ヒンメルスチェルナと対立しているように見えながら、その認識論上の布置において通底する要素を内包している。「残虐は皆人種の憎悪の結果ではない。麺麭の嫉にすぎない」というヒンメルスチェルナの言葉に象徴される視点、黄禍問題を徹底して形而下の問題として理解しようとしている点で鷗外の立場はヒンメルスチェルナときわめて近い。近衛の支那保全論との差異を形成する部分において（人種主義的視点を廃している点で）、鷗外はヒンメルスチェルナと通底しているわけである。

ここから鷗外による二つ目の批判が次のように語られることになる。

黄色人の中で支那人と日本人とを別けて、支那人を揚げ日本人を抑へること至らざる所なしといふ有様でございます。（中略）これは支那に心酔して日本を憎悪するものに相違ありません。さうしてその憎悪する所以は、日本が当面の敵たるより生ずるのでございます。これを一幅の画にかいて見ますと、西洋人は日本人と角力を取りながら、大きな支那人の影法師を横目に睨んで恐れて居るのでございまする。日本人を恐れて黄禍論を唱へ出しながら、なあに、日本人がこはいものかと云つて居るのでございます。支那人がこはいものになるだらうといふのは、差当り影法師に過ぎませぬ。

福島安正は、東アジア情勢を軍事の視点から分析していたわけだが、『黄禍論梗概』における鷗外の立脚点もまたこれと通底している。鷗外的視点に立てば、黄禍問題の背景は人種間の本能的な憎悪を意味するものではない。分割の対象となるはずだった東アジアが、近い将来、列強以上に商業上の利益を上げ、一定の軍事力を獲得するかもしれないところに背景がある。それは徹頭徹尾リアル・ポリティクスの問題である。

ここで鷗外はヒンメルスチェルナ以上に、形而下領域に分析の中心をおくような立場を、徹底している。ヒンメルスチェルナの場合、中華民族の潜在的能力を高く評価した上で、中国の

「文明」化に警鐘を鳴らしているわけだが、それに対して鷗外は、列強にとって「日本が当面の敵」であり、中国は「影法師」に過ぎないと主張している。軍事力を背景とした租借地の申し入れを拒みえず、列強による「商品の決場《はけば》」となりつつある中国の現状を踏まえた時、ヒンメルスチェルナが唱える黄禍論は、現に台頭しつつある日本のアナロジーとして将来「文明」化するかもしれない中国を理解しているにすぎない、自ら作り上げた幻影に自ら恐れているようなものであると鷗外は指摘するわけである。

日露戦争直前、ドイツに駐在していた宇垣一成は日記に「百年後は黄白両人種の競争に至るは免かる可らざるの趨勢にあらざるか。吾人は之に対するの覚悟を以て今後百年の大計を画し置からず可からず」と記している。(9) この言葉を横に並べて鷗外の立脚点を語るならば、鷗外にとっての最大の関心事は、一〇〇年後の人種間競争に備えるための興亜よりも、今のヨーロッパにとって、「日本が当面の敵」であり、中国がただの「影法師」にすぎなかったところにあった。徹頭徹尾、現時点における経済領域や軍事領域の問題として考えようとする鷗外の立場からすれば、長期的視野に立って中国の実力に期待すること自体が、すでに顧慮の外におかれている。

このような鷗外の認識を日本の側から見れば、現状において東アジアで日本だけが列強に伍する実力を持っているという観念へと流れ込んでいくことになろう。明治の日本人にとっては耳ざわりのよい内容であったはずであり、この講演が日露戦争直前に行われたことを考えれば、ナショナリズムの覚醒なり高揚なりにつながるような内容を持っていること自体はさして不思議ではない。要はそのナショナリズムの範囲がアジアではなく日本に絞り込まれているところにある。

たとえば、国民新聞記者として日清戦争に従軍していた国木田独歩は威海衛で武装解除された清国兵の様子を目撃するのだが、その時の心境を独歩は「満船悉く支那兵なり。うちに欧人あり、船尾にて平然と四顧す、可憐なる支那人に引き換へて余は何となく彼等を撃ち殺したく思へり。彼等は欧人の恥辱にして支那の為めには『かたり』なり。戦血に飢腸を肥やす鬼と同類なり」と書き記している[10]。独歩は、交戦相手である清国の兵隊に同情を寄せ、本当の敵は列強であり、アジアの民にとって白人は「かたり」や「鬼」に過ぎないと言い切っている。列強を前にした中国や朝鮮の人々への連帯意識や同胞意識にこそ独歩は道義性を感じていたわけである。白人、あるいは列強の功利性を意識し、猜疑心を抱く、その反面で、中国人に対しては東アジアの朋友として親近感を抱いている独歩の様子をここにうかがうことができる。

一方、ヒンメルスチェルナの黄禍論を批判する鷗外の認識論上の布置に、独歩のようなアジアへの同情が入り込む余地がまったく見当たらないことは、もはや言うまでもない。

「当面」の東アジア情勢を軍事的、経済的実力のみから判断するということは、同時に長期的な展望を退け、人種主義視点をとらないことを意味するのだが、その裏面には、中国や朝鮮住民に対する同情意識や同胞意識、道義心を非現実的なものと見なす視点が潜在している。黄禍問題に関する限り、独歩が道義上の違和感を感じた場所に鷗外は位置している。

このように見てくると、公人としてはもちろんのこと、『黄禍論梗概』を読む限り、知識人としての鷗外もまた、少なくとも日露戦争前後の段階においては、明治政府と歩調をあわせ、脱亜論の側に与していたことが分かってくる。明治国家の為政者たちは黄禍論の声が高まり西欧列強が一致して日本に敵対することを極度に恐れていた。彼らから見れば、黄色人種、あるいはアジア人という集合的表象そのものが、国家存亡の危機をもたらすものでしかなかったのだ。そして、リアル・ポリティクスを判断の基盤におく鷗外もまた、むしろ、「脱亜入欧」、「文明」化を達成しつつあるところに日本人種をアイデンティファイしようとする方向を『黄禍論梗概』において打ち出している。

アントニオ・ネグリ、マイケル・ハートは「国民国家とそれに付随するイデオロギー構造は「その外部においては〈他者〉を生み出し、人種的差異を作り出し、主権の近代的主体を画定し維持する境界を打ち上げる」と述べている。(11)形而下領域のみに徹底して立脚するような鷗外の視点からすれば、人種という表象は、軍事力・経済力の総体である国家の構成員である限りにおいてのみ、言い換えれば、国民観念・近代的主体観念と重なる形においてのみ実体視しうるものである。「一般の白人種は我国人と他の黄色人を一くるめにして、これに対して一種の厭悪も若くは猜疑の念をなして居る」と鷗外が批判するのもそれゆえである。このような立場に立つとき、東アジアの諸住民に対する同情、あるいは、国民概念と重ならないような黄色人種に対して抱く同胞意識や連帯意識は、「文学」的なものと見なされ、顧慮の外に退けられることになる。

天心の黄禍論批判

『黄禍論梗概』が発表されたのとほぼ同じ時期、黄禍論に対して批判を展開したのが岡倉天心である。『東洋の理想』（英文本初出は明治三六（一九〇三）年七月）、『東洋の目覚め』（生前未発表、執筆は明治三五（一九〇二）年頃）、『日本の目覚め』（英文本初出は明治三七（一九〇四）年一一月）、『茶の本』（英文本初出は明治三九（一九〇六）年五月）など、この時期の代表的著作はすべて、黄禍論に対する批判的姿勢で貫かれていると言ってもよい。

誰が「黄禍」を口にするのか。中国が日本のあと押しで大軍をヨーロッパに向けるなどとは、うしろめたさを隠す事情でもなければ、ばかばかしくて言えるはずはあるまい。「黄禍」なる語は、ドイツが山東省の沿岸地帯を併有せんとたくらんだときに、初めてドイツで言い出されたのだ、ということを知る人は少かろう。（中略）「黄禍」とはまったく中国人にとって片腹痛い話であろう。彼らこそその伝統的無抵抗主義のゆえに「白禍」のつらさにいまなお苦しんでいるではないか。片腹痛いのは中国人ばかりではない。日本がみずから世界諸国と絶縁していた長い歴史をみるならば、「黄禍」の叫びのいかに滑稽なるかを知るであろう。

（齋藤美洲訳『日本の目覚め』）

このような天心による黄禍論批判が、「ヨーロッパの栄光は、アジアの屈辱である」（岡倉古志郎他訳『東洋の目覚め』）という有名な言葉と地続きであることは言うまでもない。目下の世界情勢にあって、現実となっているのは東洋による西洋の収奪や支配ではなく、西洋による東洋のそれである、「黄禍」ではなく「白禍」こそが、世界を被う現実である、というのが天心による批判の中心である。同様の主張が鷗外によってもなされたことは先ほど見たとおりである。

鷗外と天心の違いの第一は、黄禍論がヨーロッパで成立した背景に何を見るか、という点にある。将来における中国の「文明」化、それにともなう軍事的、経済的な脅威を、ヨーロッパにおける黄禍論成立の背景に見ていた鷗外に対して、天心は列強の「うしろめたさ」を指摘している。東アジアに対する略奪行為に内心、良心の呵責を感じている列強は、そうであるがゆえに、自らの行為を道義的に正当化するような論理を生み出さずにいられず、だから黄禍論を作り上げたのだというのが天心の認識である。東アジアの植民地化を自明視した上で、列強が中国の潜在的能力の値踏みを誤り、過大に評価したところに黄禍論成立の原因を求めたと言う鷗外に対して、天心はアジアに対する略奪行為そのものに原因を求めている。天心の視点からあらためて『黄禍論梗概』を眺めた時、列強、そして日本による東アジア分割を前提として論を展開する鷗外は、東アジアの植民地化に対する批判的視点がそもそも浮上してこないような場所に位置していたことが分かる。

第二の違いは、黄禍論的言説が採用する人種観念を二人がどう捉えなおしているか、という点である。先ほどの文章からも分かるように、天心は黄禍論の具体例として、ドイツの帝国主義外交を支える人種主義的言説、要するにウィルヘルムⅡ世の黄禍論をあげていた。ウィルヘルムⅡ世が宮廷画家に描かせた有名な黄禍の画、ヨーロッパ諸国が一団となり崖の突端で雲上にある仏陀と対峙する寓意画は、『明治天皇紀』明治二九（一八九六）年三月一四日の記述にすでに登場している。あるいは、明治三七（一九〇四）年二月から四月の『中央公論』に掲載された島田三郎の講演記録「国民の素養」にも、ウィルヘルムⅡ世の黄禍論についての言及がある。(12) 日清戦後、ガイゼルの黄禍論はすでに日本でも知られていた。

また、ハインツ・ゴルヴィツチァーは、さまざまな証言を紹介しつつ、ウィルヘルムⅡ世は単にロシアを極東に釘付けにするための外交戦略として黄禍論を利用しただけでなく、本人自身も熱心な黄禍論信者であったことを明らかにしている。黄禍の寓意画が制作されたのが、日清戦争直後の明治二八（一八九五）年の夏であったことからして、ガイゼルが意識していた黄色人種が、主に日本人や中国人であったことは間違いない[13]。

このようなガイゼルの黄禍論を視座として、鷗外と天心を並べてみると、両者のきわだった違いが浮かび上がってくる。まず鷗外であるが、前述したとおり、『黄禍論梗概』では、中国人種と日本人種とを一括して、一つの人種とみなすような概念の粗雑さが批判されていた。黄禍論において提示された「黄色人種」という表象を、解体、あるいは細分化する形で、鷗外は批判を展開している。その裏面には、日本をアジアの「例外的存在」として位置づける視点が潜在していることは言うまでもない。このような鷗外の立ち位置は、明治政府による脱亜路線と通底する。

一方、天心の場合、まったく反対の方向に向かう。ガイゼルの言う「黄色人種」を拡大する形で解釈しなおし、優劣の関係を反転するわけである。天心の人種概念は、支配された地域の住民やその文化を劣ったものとして描き出そうとする支配的言説への抵抗としてあり、黄色人種が黄色人種であることを当然の権利として主張することで、解放や独立の要求を正当化する論理を形成している。

たとえば、『東洋の理想』の次の言葉がそれである。

アジアは一つである。ヒマラヤ山脈は、二つの強大な文明、すなわち孔子の共同社会主義をもつ中国文明と、ヴェーダの個人主義をもつインド文明とを、ただ強調するためだけに分っている。しかし、この雪をいただく障壁さえも、究極普遍的なるものを求める愛の広いひろがりを、一瞬たりとも断ち切ることはできないのである。（中略）アラビアの騎士道、ペルシアの詩歌、中国の倫理、インドの思想は、すべて単一の古代アジアの平和を物語り、その平和の中に一つの共通の生活が生い育ち、ちがった地域にちがった特色ある花を咲かせてはいるが、どこにも明確不動の分界線を引くことはできないのである。

私たちが天心のアジア観念に違和感を感じてしまうのは、「一つ」であると天心が宣言した「アジア」の中に、およそ一つとは思えないような諸地域や諸民族が混在しているところにある。ただ、その語法に注目しなくてはならない。アジアが「一つ」である積極的根拠を、天心は、（地理的区分としての）アジアの住人たちが、古代以来「愛」や「平和」を超越的価値として信じてきたところに求めている。ここには、アジアが植民地支配にさらされている実態を道義性の領域において解釈しなおし、白人との優劣関係を逆転しようとする天心の意図が潜在している。白色人種に支配される、あるいは、過去の経緯から支配されざるをえなかったということは、それだけアジアの人々が「愛」と「平和」を尊び生きてきたことの証左になる、というのが天心の論法である。

序章でも述べたように、ここにフェノロサと天心の接点を指摘することができる。フェノロサによって案出された「アジア」という言葉は、欲望の無限の拡大を中心的価値とする西洋文明の陰画と対立する観念として構築された表象であった。それは西洋近代を背負う形で、真逆の像を結ぶ観念として発見されたものであり、経験や観察によってつかみとられたものではない。カール・シュミットは「ロマン主義的な作用は今日と此処との否定の中にある」と述べているが、[14] 天心が語る「アジア」もまた、植民地支配の下にあるアジアの現実を否定的媒体として形成された表象としてある。被支配人種の解放への欲求、あるいは、非抑圧者への同情が想像力を飛翔させ、支配者との優劣関係を逆転する形で結実したものである点で、（カール・シュミットの言う）「ロマン的」な観念になりえている。したがって、天心の議論はペルシャ湾沿岸から日本までの言語や宗教や伝統的政治形態などに関する具体的議論を一切捨象し、同一性のみが強調されることになる。天心の言うアジアは、列強の支配下にあるという否定性の共有を唯一の契機として形成された集合的表象なのである。

ここからさらに鷗外と天心の第三の違いが生み出されることになる。鷗外の論理を敷衍していけば、日本は地理的区分としてはアジアに位置しながら「文明」化を実現した例外的存在として位置づけられることになるわけだが、天心の場合は、まったく逆である。アジア全体を表象する資格を内包するがゆえに、日本は盟主でありうると、天心は主張しはじめることになる。

万世一系の天皇をいただくという比類なき祝福、征服されたことのない民族の誇らかな自恃、膨張発展を犠牲として祖先伝来の観念と本能とを守った島国的孤立などが、日本を、アジアの思想と文化を託す真の貯蔵庫たらしめた。（中略）日本はアジア文明の博物館となっている。いや博物館以上である。何となれば、この民族のふしぎな天性は、この民族をして、古いものを失うことなしに新しいものを歓迎する生ける不二元論の精神をもって、過去の諸理想のすべての面に意を留めさせているからである。（富原芳彰訳『東洋の理想』）

この文章で言う「万世一系の天皇」が、明治の天皇制を指し示しているとは思えない。国家神道の障害物として廃仏毀釈政策を完遂すれば、日本は「アジアの貯蔵庫」たる資格を失うはずである。アジアの文化が雑居状態にあることが、天心の言う日本の特権性なのである。

ここから分かることは、天心の言う日本、あるいは日本人種という表象が、国民観念とはまったく重なりようがないという事実である。ハンナ・アレントによれば、近代の国民国家は建前上、同質的住民の積極的同意を前提として成立している。ここで言う「同質性」とは、領土、民族、国家の歴史的共有を指す。そして、必然的に、このような国民国家は言語、宗教、風俗、政体の異質性を排除することになる。(15) 国民観念や近代的主体観念と連結した場合、人種的差異は、悪や野蛮、放縦な性など、あらゆるマイナス価値を飲み込むブラックホールと化していく。ポスト・モダンの言説は、臣民化＝主体化について、個人を共同体に隷属させるための巧緻な罠として語ることが多いが、もう一方で、臣民化＝主体化は外部に対して想像上の人種的優位性を独占するためのエネルギーに転化することにもなるのだ。

一方、天心の場合、これとはまったく逆の像を結んでいる。アジアという外部が同時に日本という内部を構成する重要な因子となっており、それがアジアにおける日本の特権的地位を形成しているというのだから、日本の人種的優位性は日本文化がミックス・カルチャーであるところに求められることになる。分かりやすく言えば、中国人にも朝鮮人にもインド人にもペルシャ人にも似ているから日本人はすばらしいのだという発想法がここには潜在していることになる。とするならば、天心のアジア観念、日本観念は内部の均質性（つまり、外部の異質性）をもって共同体成立の基盤とする国民観念を脅かすものとして機能するはずである。

「文明」化するアジア

このような国民観念に対する天心の立ち位置は、鷗外との差異ばかりではなく、「支那保全論」との差異をもまた形成している。前述した近衛篤麿の他に、明治三三（一九〇〇）年六月、大隈重信もまた「去来両世紀に於ける世界列強と日本の位地」[16]において、人種主義的立場から日清の連携を唱えている。大隈はここで「弱肉強食は優勝劣敗の人間社会の常態」であり、「東西の野蛮国は十九世紀の末までに多く白皙人種に侵略し盡され、今後世界の列強国が、新たに勢力を伸ばさんとする競争場は、主として支那なり」という見通しの下、「之を開導保全して、永く東亜の興国たらしむも、其の主たる責任は日本にあり」と主張している。「同文同人種の支那国民を誘導し」「世界文明の利器を応用する智恵を教へ、義勇奉公の姿勢を鼓吹」していくことで支那保全は実現するというのが大隈の立場であり、同じような提言は岡本柳之助「東邦の前途」[17]、外山正一「支那帝国の運命と日本国民の任務」[18]などでも繰り返されている。これらの主張は、日清軍事同盟の観点が将来的課題として先送りされている点で、近衛とはややスタンスが異なるが、中国の「文明」化に日本が協力し、列強による東アジア分割への対抗勢力になるよう中国を導いていくという方向性においては一致している。

人種主義的視点を採用している点では一見、同じに見えながら、政治上の興亜論が天心と大きく異なるのは、アジアの独立というスローガンが目的ではなく手段であるところにある。将来の人種間競争に備えて、日本は中国と連携しなければならず、そのためには中国を「文明」化しなくてはならない、これが近衛や大隈の主張である。ここでは、日本という国家が独立を堅持していくための方法論としてアジア問題は成立しており、黄色人種という観念は、中国との同盟関係を結ぶための潤滑油、あるいは、呼び水程度の役割が期待されているに過ぎない(19)。

一方、天心の場合はアジアの独立そのものが目的視されており、しかも美学から出発した天心にとって、西洋文明を受容することは、精神領域における従属を意味していた。「国家の独立にとって非常に危険な東洋主義の幻夢でわが国を縛り上げていた、中国およびインドの文化の桎梏を断ち切ることが、新日本の組織者にとっては最高の義務のように思われた。ただに軍備、産業、科学に於てのみならず、また哲学や宗教に於ても、かれらは西洋の新しい理想を求めた」(『東洋の理想』)、「われらは一朝にして近代進歩の寵児であり、かつまたは恐るべき異教夷狄の蘇生児―黄禍の化身となったのである」(『日本の目覚め』)と繰り返し日本の近代化、つまり「脱亜」路線を批判するのもそれゆえである。天心にとって「アジアの解放」とは、本質的に「有色人種による独立国家の形成」というような政治的スローガンを意味するわけではない。少なくともそれだけを意味するわけではない。天心はアジアの政治的独立と精神的、文化的独立、両方を視野に収めており、天心の思想にあっては本質的には、アジアの精神文明を野蛮視する西洋中心主義的言説を排して、東洋文明を「正当」な位置に復せしめることが中心的関心となっている。そのような天心にとって、「文明」化はむしろ彼の志向するものとは逆のベクトルを意味するものであった。

このような観点に立ったとき、この時期の天心が繰り返し書き記した扇動的な文章が意味するところが見えてくる。たとえば『東洋の目覚め』で天心は、「我々東洋の恢復は自己の自覚にある。我々が救われるのは剣によってである」と述べ、さらに結論部分において次のように書き記している。

> 秋は来ている。自由の旗幟がアジアの国々のあちこちに揚げられるであろう秋が来ている。（中略）詩人達が奴隷的な生存よりも英雄的な死を高く讃える秋が来ている。軍人達が、彼等の剣が祖国のために揮われる時にのみ神聖なものと感ずる秋が来ている（中略）卑怯者は自由のまばゆいイメージに面して怖気を振るっている。用心深い連中は偉大な革命の入り口の前で一瞬立止まっている。彼等は生中の死をえらぶのか、死中の生を選ぶのか。畏るべき盟神探湯《くがたち》に直面せざるをえぬ危機に、我々は今我々の歴史の中で直面しているのである。

この文章を単なる好戦的な言葉と理解して退けるだけでは、その本質的意義を見失ってしまう。「文明」を敵視する天心はここで、暴力の占有をめぐる東西の関係の反転を企図している。一九世紀の世界情勢にあって、暴力は圧倒的に西欧列強の専有物と化してしまっている。「文明」はその外部にあるような暴力や富裕をすべて、たとえば、「野蛮」といったようなマイナス価値の側に追いやる。「文明」は「文明」自身を維持するために暴力と富裕の独占を志向しており、その意味で自己準拠的な構造を持つ。そして、それは同時に、列強による軍事的、経済的専有を意味していた。

このような目でもう一度、先ほどの文章を眺めたとき、天心が反「文明」の立場に立つということが、同時に白色人種による暴力の専有を告発し、暴力の主体としての権利をアジアが所持する正当性を主張することでもあったことが分かってくる。非暴力の立場から論難することは容易だが、暴力の主体としての権利を求める天心の主張が被支配者の心性に立脚する限りにおいて、一概には退けえない説得力をもつことも否定できない。また、「文明」を前提と見なし黄禍論批判を展開した鷗外と比べて、「文明」それ自体が内包する負の本質を透視している点においても、天心の議論がより根源的なものとなっていることも認めなくてはなるまい。

その上で、指摘しておかなくてはならない点が一つある。反「文明」の立場に立つ、まさにそのことによって、天心のアジア観念は、真逆の位置にあるはずの「文明」の側に押し出されることになる。「文明」による暴力の占有を否定するということは、とりもなおさず、正当な権利として暴力を行使する主体としてアジアを定位しなおすことでもある。そして、それは結果的に、議論の大前提であったアジアが一つであることの根拠、「愛」や「平和」などの理念が、天心自身によって、あるいは、アジア自身によって否定されることを意味する。この時点で天心が唱えた道義領域におけるアジアの優位性は失われてしまっている。とするならば、良い悪いは別にして、こと暴力の問題に限定して言えば、天心が唱えたアジア観念も「文明」の変容にすぎなかったことが分かってくる。両者の違いは、正当性をもって暴力を行使する主体の「単位」が異なる点のみである。つまり、天心の議論では主体概念が国民国家の範囲を超えてアジア全体に拡大されている点のみが異なる。この時点で、天心のアジア観念は、その質にあって近代国民国家の観念と通底するものとなってしまっている。ここに天心が提示した「アジア」という表象が、その核の部分に内包する西洋文明の一変調としてのありよう、自己言及的な構造を指摘することができるのである。

注

（1）『日本』明治三一（一八九八）・一一、なおこの時期の近衛篤麿および東亜同文会については、山本茂樹『近衛篤麿』（ミネルヴァ書房　平成一三（二〇〇一）・四）に詳しく論じられている。

（2）『太陽』明治三二（一八九八）・一

（3）鶴見祐輔『後藤新平』第二巻　勁草書房　昭和四〇（一九六五）・九

（4）大正三（一九一四）・八「対支政策意見書」大山梓編『山県有朋意見書』原書房　昭和四一（一九六六）・一一

（5）竹内好『日本とアジア』（ちくま学芸文庫）、橋川文三『黄禍物語』（岩波現代文庫）、松村正義『日露戦争と金子堅太郎』（新有堂　昭和五五（一九八〇）・一〇）など

（6）『日本之亜細亜』黒龍会出版部　昭和七（一九三二）・一二

（7）太田阿山編『福島将軍遺績』東亜協会　昭和一六（一九四一）・五

（8）明治四〇（一九〇七）・一「対清政策所見」大山梓編『山県有朋意見書』原書房　昭和四一（一九六六）・一一

（9）角田順編『宇垣一成日記』第一巻　みすず書房　昭和四三（一九六八）・三

（10）『愛弟通信』佐久良書房　明治四一（一九〇六）・一〇

（11）水嶋一憲他訳『帝国』以文社　平成一五（二〇〇三）・一

（12）飯倉章『イエロー・ペリルの神話』彩流社　平成一六（二〇〇四）・七

（13）瀬野文教訳『黄禍論とは何か』草思社　平成一〇（一九九九）・八

（14）橋川文三訳『政治的ロマン主義』未来社　昭和五七（一九八二）・一一

（15）大島道義他訳『全体主義の起源』2　みすず書房　昭和四七（一九七二）・一二

(16)『太陽』明治三三(一九〇〇)・六
(17)『太陽』明治三〇(一八九七)・一〇
(18)『太陽』明治三一(一八九八)・四
(19) この問題については、山室信一『思想課題としてのアジア』(岩波書店　平成一三(二〇〇一)・一二)において、すでに詳しく論じられている。

第二章　交通空間としての満州

――夏目漱石と後藤新平

はじめに

夏目漱石が大連を訪れたのは、明治四二（一九〇九）年九月、学生時代の同窓、中村是公の誘いに応じての渡満であった。この時期、中村是公は後藤新平の跡を継ぎ、南満州鉄道、いわゆる満鉄の第二代総裁の要職にあった。是公の誘いをきっかけとするこの旅行の見聞記が明治四二（一九〇九）年一〇月二一日から一二月三〇日まで『朝日新聞』に連載された『満韓ところぐ』である。

同書の冒頭近くには、大連に到着した漱石が是公を訪ねて満鉄本社をおとずれるエピソードが挿入されている。ところが、満鉄社員は来航した米国海軍の乗組員を歓迎するため野球の試合を行っている最中であり、是公も野球の観戦に出掛けていると、漱石は知らされることになる。

沼田さんは給仕を呼んで、処々方々へ電話を掛けさして、是公の行方を聞き合せて呉れたが全く分からない。米国の軍艦が港内に碇泊してゐるので、歓迎の為、今日はベースボールがある筈だから、或は夫を観に行つてるかも知れないと云ふ話であつた　（五）

このエピソードから、明治四〇年代の内地の読者が、満州、あるいは大連、満鉄に対してどのようなイメージを抱くか、まずは考えてみたい。明治四〇年代において、野球はハイカラのイメージがきわめて濃厚なスポーツであった。よく知られた話だが、野球という言葉は明治一一（一八八八）年、正岡子規によって造語されたものである。その頃に日本に紹介されてから二五年かかって、野球はようやく全国の学生間に普及していくことになったのだが、それでもなお、国民経済はいまだこのような舶来の運動競技を盛んにするほど発達しておらず、グローブやミット、マスク、ボールも個人ばかりか学校で購入することも困難な状況であった。さらに中等学校程度では広大な土地を必要とする野球のグラウンドを整備するのは難しく、学習院院長となってまもなくの乃木希典は、大弓場のような細長い場所があれば事足りると思っていたが、野球部員の説明を聞いてやっとグラウンドが必要であることを理解したという[1]。このような挿話からも野球というスポーツが日本の国民経済の水準からすれば、きわめて贅沢なものであったことが分かるだろう。子規の盟友であった漱石がそれを知らないはずはない。その野球を満鉄の社員が楽しんでいる様子を伝えるこのエピソードから内地の読者が連想するのは、満州、あるいは大連、満鉄のハイカラな雰囲気、内地よりもはるかに高い経済水準にある豊かさであったはずである。

そのような視点でもう一度『満韓ところぐ〵』を見た場合、他にもハイカラ都市大連の姿を伝えるエピソードが、この随筆に多数挿入されている事実に気づく。

しばらくすると、今度は是公から倶楽部に連れて行つて遣らうと、例の如く連れて行つて遣らうを出し始めた。（中略）広い通りを一二丁来ると日本橋である。名は日本橋だけれども其実は純然たる洋式で、しかも欧州の中心でなければ見られさうもない程に、雅にして丈夫にも出来てゐる。三人は橋の手前にある一棟の煉瓦造りに這入つた。誰か居るかなと、玉突場を覗いたが、たゞ電燈が明るく点いてゐる丈で玉の鳴る音はしなかつた。読書室へ這入つたが、西洋の雑誌が、秩序よく列べてあるばかりで、ページを繰る手の影はどこにも見えなかつた。（七）

漱石は是公に連れていってもらった倶楽部が「欧州の中心でなければ見られさうもない程に、雅にして丈夫にも出来てゐる」ことに驚き、玉突き台や西洋の雑誌が並ぶ豪華な慰藉施設の様子を活写している。明治時代のしかも外地で、ここまで贅を尽くした施設を満鉄が設けていたことに、現在に生きる私たちもまた、やや意外に感じるのではないだろうか。

そこで調べてみると、満鉄の社員に対する慰藉事業は特殊な経緯を経てその方向性が確立されていったことが分かる。満鉄の慰藉事業は、米国の「鉄道基督教青年会創立者の一人ナルアール・シー・モールス」による、初代満鉄総裁、後藤新平への進言を受け容れる形で出発しており、「鉄道従業員ノ品性ヲ高潔ニシテ其能率ヲ増加」し、「上下ノ意志疎通ノ一助トシテ満鉄従業員ニ精神的慰安ヲ与ヘ生活ノ向上改善ヲ計ル」ことを目標としていた。その活動も多岐に渡っており、編み物の奨励、造花、裁縫、料理、菓子づくり、園芸の講習会実施、草花や野菜の種の配給、書籍の貸し出し、運動会などさまざまであった。倶楽部の設置もそのような活動の一環としてあり、「各地ニ倶楽部ヲ設ケ玉突其他ノ設備ヲ為シ慰安休養ノ具タラシム」ことを目的としたものであった[2]。精神的に余裕を与え道徳性を向上させ、仕事に生き甲斐ややりがいを感じることができるような企業の精神的土壌を涵養していく。これが後藤の、ということは満鉄の方針だったわけである。

　ほかにも大連のハイカラな風景を伝えるエピソードは『満韓ところ〳〵』に多数記されている。漱石は中村是公から歓迎の舞踏会に誘われるが、「いくら大連がハイカラだつて、東京を立つ時に、此古燕尾服が役に立たうとは思ひ掛けないから、矢つ張り簞笥の底に仕舞つたなりで出て来た」（七）ので、夜会には参加できなかったという逸話などがそれである。あるいは、「電気仕掛で色々な娯楽を遣つて、大連の人に保養をさせる為」に満鉄が建設している「内地にも無い」電気公園など、「内地から来たものはなるほど田舎もの取扱にされても仕方がない」（八）と漱石が呟いてしまうような、大連に点在するモダンな施設が、『満韓ところ〳〵』には紹介されている。

このような大連あるいは満鉄の様子は、渡満直前に漱石が脱稿した『それから』(3)の代助が語った次の言葉と鮮やかなコントラストを形成している。

何故働かないつて、そりや僕が悪いんぢやない。つまり世の中が悪いのだ。もつと、大げさに云ふと、日本対西洋の関係が駄目だから働かないのだ。第一、日本程借金を拵らへて、貧乏震ひをしてゐる国はありやしない。此借金が君、何時になつたら返せると思ふか。（中略）斯う西洋の圧迫を受けてゐる国民は、頭に余裕がないから、碌な仕事は出来ない。悉く切り詰めた教育で、さうして目の廻る程こき使はれるから、揃つて神経衰弱になつちまふ。話をして見給へ大抵は馬鹿だから。自分の事と、自分の今日の、只今の事より外に、何も考へてやしない。考へられない程疲労してゐるんだから仕方がない。精神の困憊と、身体の衰弱とは不幸にして伴つてゐる。のみならず、道徳の敗退も一所に来てゐる。

帝国主義下の世界情勢にあって西洋列強との激烈な競争を繰り広げる日本にあっては、もはや肉体的、精神的余裕を持って働くことは不可能であると代助は語っている。過酷な社会環境にあって精神も身体も蝕まれ、目先のことしか考えることができなくなり、ついには徳義すら失っていく。これが代助が、つまりは、漱石が見た日露戦後の日本の姿であった。
もはや明らかと思うが、漱石が満州で目撃した満鉄の慰藉事業、あるいは大連の豊かな姿は、『それから』で語られた日露戦後の日本の現実とは真逆の関係にある。少なくとも漱石は、さまざまな慰藉事業をつうじて精神的な余裕と高い徳義性を社員にもたらし、その結果として仕事の能率向上を図るような、内地とは反対の環境を整える満鉄の姿を、ここで目撃している。

後藤新平との思想的邂逅

先ほども少し言及したが、ここであらためて夏目漱石が満韓旅行にでかけることになった経緯について確認しておく。『満韓ところぐ〳〵』冒頭近くにおいて漱石は旅行に出掛けることになったいきさつを、次のように語っている。

南満州鉄道会社つて一体何をするんだいと真面目に聞いたら、満鉄の総裁も少し呆れた顔をして、御前も余つ程馬鹿だなあと云つた。是公から馬鹿と云はれたつて怖くも何ともないから黙つてゐた。すると是公が笑ひながら、何だ今度一所に連れてつて遣らうかと云ひだした。（一）

漱石を満州に気楽に誘った様子から是公と漱石がきわめて親密な間柄であったことを察することができるだろう。『永日小品』(4)に収録されている「變化」には、漱石と是公が大学予備門時代、同時に留年、同じ下宿に寄宿するようになり、さらには同じ私塾で講師のアルバイトをしていたことが伝えられている。

予備門時代、漱石と是公は江ノ島に遊んでいるのだが、『満韓ところぐ』にはその時の様子が、「草木の風に靡く様を戦々兢々と真面目に形容したのは是公が嚆矢なので、夫れから当分の間は是公の事を、みんなが戦々兢々と号してゐた」(十二)と回想されている。ふたりの親密さがうかがわれる挿話である。また「變化」には、是公が予備門時代、端艇競争で優勝した際に賞品として渡された「若干の金」で漱石に本を買ってやったというエピソードも紹介されている。

大学卒業後の二人の交流についても、「變化」では紹介されている。ロンドンで偶然再会し是公の金で遊んだエピソード、是公が使いを寄こして昼までに新喜楽に来いと呼び出されたが行くことができなかったエピソードなどがそれである。

さて、大学卒業後の是公だが、明治二六(一八九三)年大蔵省に仕官し、明治二九(一八九六)年、民政局事務官として台湾総督府に転出。そこで民政長官だった後藤新平に出会うことになる。台湾時代の是公の功績としてよく知られているのが、台湾における土地測量の事業である。

明治三九（一九〇六）年一一月、後藤が満鉄初代総裁となると同時に是公もまた副総裁として満州に渡ることになった。明治四一（一九〇八）年七月、後藤新平が桂内閣の逓信大臣となり、満鉄の監督権は一時、逓信大臣に移ったが、一二月になり、中村是公が満鉄総裁に就任、[5]後藤の打ち立てた満鉄経営の理念を実行に移す役割を担うことになった。『対支回顧録』には是公が後藤と「一心両身の如き」間柄であったと記されているが、中村是公は後藤新平の分身、あるいは影とでも称すべき生涯を送っている。台湾でも満州でも後藤が打ち立てた理念なり経営方針なりを実現していくところに、後藤は是公の役割を求めていた。[6]

さて、その中村是公が『満韓ところぐ』のいたるところで登場しているのは言うまでもないことだが、後藤新平も次の挿話に登場している。

長い幕の上に、大な額が懸つてゐた。其左りの端に、小さく南満州鉄道総裁後藤新平と書いてある。（中略）其実感心したのは、後藤さんの揮毫ではなくつて、清国皇帝の御筆であつた。右の肩に賜ふと云ふ字があるのを見落した上に後藤さんの名前が小さ過ぎるので つい失礼をしたのである　（五）

明治四〇（一九〇七）年五月二五日、清国皇帝への表敬によって清国との良好な関係を図るため、後藤新平は北京を訪れ、二七日には謁見を果たしている。その際に「宸筆ノ書並書幅ヲ賜ハル」と前掲『満鉄十年史』には記されているのだが、漱石が目にしたのはおそらくこの書である。

私は『満韓ところどころ』という随筆を理解する上でもっとも重要な視点は、漱石が中村是公を媒介として、実は後藤新平に出会っている、正確には後藤新平の思想や国家観、文明観に出会っているところにあると考えている。ベースボール・電気公園・図書館、集会所をはじめとする、社会福祉への配慮が行き届いた設備や都市計画などなど、漱石が目にした大連のハイカラ性、「文明」的性格はすべて後藤によって計画され、是公によって実行に移されたものばかりであった。

明治三九（一九〇六）年一一月二六日に行われた満鉄の設立総会で後藤は、「延長僅ニ七百里ニ過キスト雖世界交通機能ノ循環系統即チ世界商業的大動脈中ノ枢要部ヲ占メ、東洋否、世界実業ノ便宜ニ供シ汎ク内外人ノ用ニ資スヘキノ位置ニアリ」、「抑々本社事業ノ成敗ハ独リ本社ノ利害ノミニアラズ実ニ世界実業家ノ幸、不幸ノ係ル処ナリ将我帝国国民ノ栄辱ニ係ル処ナリ豈特ニ戦争ノ勝敗ノミヲ以テ国民ノ栄辱ヲ定ムヘケンヤ」と語っている。(7) ここには世界空間という観点から見た満鉄の地政学的位置に関して、きわめて自覚的であった後藤の姿を見ることができる。同様のことは明治四〇（一九〇七）年四月に行われた万国基督教青年会大会での演説においても語られている。この講演で後藤は「日本ハ其地位東西両洋ノ間ニ介在シ両様ノ文明端ナク流レテ島帝国ニ入リ此ニ融和総合シテ新タナル文明ヲ産出セントス」という世界認識の上に立って、満鉄についても「欧亜両大陸ヲ連結シ其文明ヲ接触セシメテ社会人文発達上日本ノ負ヘル責任ノ一端ヲ完フセシムル」ところに、その役割を求めている。(8) ヨーロッパから続くシベリア鉄道は満州東北部において満鉄と繋がる。西洋の文明、情報、科学、技術、人は陸路においては、満鉄に運ばれて東洋各地に運ばれていくことになる。主客を逆にすれば、東洋の文明も文物も人も、満鉄からシベリア鉄道を経由してヨーロッパ各地に運ばれていく、ということになる。世界交通、世界の経済活動の結節点として満州を育成していくことをもって、後藤は満鉄の目標と定めていたわけである。

中村是公の勧めで漱石が宿泊することになったヤマトホテルもまた、後藤新平によって打ち立てられた満鉄経営の理念と密接な関わりがある。

ホテルの中には一人も客がゐない様に見える。（中略）室の中に這入ると、寝床には雪の様な敷布が掛つてゐる。床には柔らかい絨毯が敷いてある。豊かな安楽椅子が据ゑてある。器物は悉く新式である。満鉄の経営にかゝる此ホテルは、固より算盤を取つての儲け

仕事でないと云ふ事を思ひ出す迄は、どうしても矛盾の念が頭を離れなかつた。（二十二）

この文章で登場する大連ヤマトホテルは、ロシア統治時代のダリニーホテルを改装して明治四〇（一九〇七）年八月に営業を開始している。客室が一三部屋しかなかったので来客謝絶の状態がしばしば起こり、明治四一（一九〇八）年一一月新たな大規模施設の建築を決め設計に着手している。ただ完成までの間の措置として、明治四二（一九〇九）年五月に満鉄旧本社事務所を改修してこれをヤマトホテル本館として使用していた(9)。漱石が大連に渡ったのは明治四二年九月だから、時期的に見て、ここに登場するホテルは、旧本社事務所を改修した建築物であったはずである。

それはともかく、ここで漱石は大連ヤマトホテルに関して、内装や調度品が、贅を尽くしたものであったことに驚き、なぜここまで金銭を惜しまぬ、採算を度外視した経営をヤマトホテルが行っているのかあれこれ考えをめぐらせる。そして、「満鉄の経営にかゝる此ホテルは、固より算盤を取つての儲け仕事でないと云ふ事を思ひ出す」ことになる。「思ひ出す」というのだから、漱石はヤマトホテル経営に関する満鉄の方針をすでに知っていたわけだが、たしかに、『満韓ところぐ』には、「河村調査課長の前へ行つて挨拶をすると、河村さんは、まあお掛けなさいと椅子を勧めながら、何を御調べになりますかと丁寧に聞かれる」「已むを得ず、鹿爪らしい顔をして、満鉄のやってゐる色々な事業一般に就て知識を得たいと述べた」（十二）というエピソードが挿入されている（ここで漱石は「河村調査課長」と記しているが、正確には「川村」、漱石が出会ったのはこの時期に満鉄調査課長を勤めていた川村鉚次郎である）。中村是公に聞いたのか満鉄調査課長の川村鉚次郎に聞いたのか、調査課で閲覧した資料に書いてあったのか、そのところは不明だが、少なくとも漱石は、ヤマトホテルが利益追求を一義とするような経営理念を掲げていなかったことを、すでに知っている。

ちなみに、『満鉄十年史』には、満鉄によるヤマトホテル経営について、「沿線主要駅ニ旅客ノ宿泊食事ノ為メ必要ナル設備ヲ為スヘキハ亦政府ノ命令セル処ニシテ満州ノ如キ新開地ニ有リテハ鉄道ニ伴ヒ旅客交通ノ為メ必要欠ク可ラサル所ナリ」と記されている。また漱石が驚いているヤマトホテルの豪華な内装についても「欧亜連絡鉄道幹線ノ一部タルニ於テ外国人旅客ノ宿泊ニ適スル洋風旅館ヲ要スルハ亦言ヲ俟タス」と説明されている。このようなヤマトホテル設立の経緯を漱石は承知していたわけである。

では、なぜ満鉄主要駅に西洋人を意識した宿泊施設が必要とされたかと言えば、西洋と東洋が邂逅する場という満鉄の地政学的位置を前提として、後藤がヤマトホテルを経営しようとしていたからにほかならない。このことを漱石に引きつけて言うならば、後藤新平、中村是公らに共有されていた満鉄の経営理念そのものを、漱石はヤマトホテルで体験していたということになる。「満州の方は度胸のある分限者が思ひ切つて人工的に周囲の事情に関係なく高層の開化を移植しつゝある」(10)という漱石の言葉に登場する「度胸のある分限者」とは、後藤新平や中村是公を指すはずである。

切り取られた風景

さて、これまで述べてきたような満鉄の事業について、漱石は同調していたか批判的であったかと言えば、明らかに漱石は同調する側に身を置いている。この点は、次のエピソードから明らかになる。

相生さんは満鉄の社員として埠頭事務所の取締である。もつと卑近な言葉で云ふと、荷物の揚卸に使はれる仲仕の親方をやつてゐる。かつて門司の労働者が三井に対してストライキを遣つたときに、相生さんが進んで其衝に当つた為、手際よく解決が着いたとか云ふので、満鉄から仲仕の親分として招聘された様なものである。（中略）相生さんは大連に来るや否や、仲仕其他凡ての埠頭に関する事務を取り扱ふ連中を集めて此処に一部落を築きあげた。相生さんの家を通り越すと、左右に並んでゐる建物は皆自分の経営になつたもの許である。其中には図書館がある。倶楽部がある。運動場がある。演舞場がある。部下の住宅は無論ある。
倶楽部では玉を突いてゐた。図書館には沙翁全集があつた。ボルグレーヴの経済字彙があつた。余の著書も二三冊あつた。（二十）

ここに登場する満鉄社員のための住宅は、もちろん日本人社員が居住するためのものである。中国人、朝鮮人の満鉄社員は、「雇員以上及業務ノ性質又ハ取締上一定ノ箇所ニ居住セシムルノ必要アル」場合に限られている[11]。

ところで、この文章に登場する相生由太郎は、大連港の荷役業務に関して苦力の取りまとめを主な仕事としている人物であった。大連港の荷役に従事する苦力は「彼等ノ習慣トシテ作業種類ト区域トヲ各自ノ所謂縄張リ内トシ互ニ其区域ヲ相侵スヲ許サス」という状況にあり、満鉄側の苦力頭の統括も難しく、苦力間の争いも絶えなかった。この状況にあって収拾に乗り出したのが相生由太郎であり、苦力全員が「相生由太郎ト契約シテ入手ニ供給セシムルコトト為し、従来の弊害を一気に取り除くことに成功している[12]。ここから分かってくるのは、漱石の関心のありようが少なくとも、相生由太郎という人物そのものの活躍ぶりを伝えるところにはなかった、という事実である。漱石の関心は、相生が日本人の従業員の福利厚生にいかに気を配っているかという点に向かっている。そして、それは少なくとも相生の満鉄での活躍ぶりという点で言えば、いささかポイントからは、ずれたものであったわけである。

さらに言えば、漱石が読者に向かって報告する満鉄の福利厚生施策については、虚実が入り交っている、とまでは言わないまでも、少なくとも事実のある一断面しか伝えていないことも知っておかなければならない。この時期、たしかに満鉄は「満州ノ風土ニ応スル設備ヲ為シ心身ノ休養ニ適セシメンコトヲ期ス」ことを目標に掲げているが、住宅は慢性的に不足しており、ロシア時代の住宅や焼け残った住宅を応急修理して使用している。ましてや「雇人合宿舎」は四、五坪の部屋に一五、六人が寄宿し、「悪臭紛々鼻ヲ衝テ来ルノ実情ニシテ社宅ノ設備ハ急務中ノ急務ニ属ス」ありさまだった。その後、逐次社宅を増設してはいるものの、大正五（一九一六）年の段階においてもなお、社宅の供給は需要に追いついてはおらず、「工事能力並費用ニ限リアルカ故ニ別ニ之カ緩和策」を立てる必要があると、『満鉄十年史』は伝えている。たしかに明治四一（一九〇八）年、満鉄は市内近江町に土地を取得して、社宅三〇棟、二八〇戸分を増設してはいる。この事実を踏まえれば、漱石が伝える満鉄の厚い福利厚生策も嘘とは言えない。しかし、満鉄社員全員がこのような厚遇をもって迎え入れられていたわけではない。故意か偶然か判断することは難しいとしても、少なくとも満鉄による社員の処遇に関する限り、『満韓ところぐ〵』にあっては、後藤新平が掲げた満鉄経営の理念に沿う事実だけが拾い上げられていることは間違いない。

しかし、漱石は満鉄あるいは満州に関して「明」の部分のみを承知しており、「闇」の部分に関してはまったく不承知であったのかと言えば、かならずしもそうとも言えない。「満州の経営は外部から見ると、日本の開化を一足飛びに飛び越して、直に泰西の開化と同等の程度のものを移植しつゝある」ように見えるが、これは「資本が満鉄と云ふ一手にあつて、此満鉄丈は西洋と対抗し得るハイカラな真似が出来るが、其他の資本は甚だ微弱なもので到底普通の内地の中流程度にも及ばない」、漱石は「満韓の文明」でこのように語っている。[13] この文章を見る限り漱石は、巨大資本、満鉄の手によって整備されたインフラの外側に、劣悪な環境が広がっていたことも承知していたことになる。

『満韓ところぐ』は、はしばしに満州のあるいは大連の何を伝え、何を伝えないかという取捨選択に関して一定の方向性が見え隠れしている。この随筆では、満州のあるいは満鉄の先進性やハイカラさ、資本の潤沢さのみにスポットが当てられている。

文装的武装の行方

さらに日露戦争にまつわる「記憶」と『満韓ところぐ』との関わりについて見ていくこと

にしよう。

　言うまでもなく、旅順は日露戦争における最大の激戦地の一つであった。バルチック艦隊が日本近海に回航され、海上における日露の戦力バランスが崩れ、大陸との兵站線が断たれる前にロシア太平洋艦隊を壊滅させる、そのために陸側からロシア太平洋艦隊が立て籠もる旅順を攻略する。この目的を持って編成されたのが乃木希典を軍司令官とする第三軍であり、バルチック艦隊到着前に旅順を攻略するという戦略目標ゆえに、無理な作戦指導が行われ、各地で激戦が展開され、無数の死傷者を出すことになったことはよく知られている。

　当然のことながら漱石もまた、この事実を承知している。漱石はこの旅行中、旅順の戦跡を訪れ、いかに激しい戦闘が展開されたか、再確認することになった。『満韓ところぐ』には、有名な二〇三高地を訪ねた際、漱石が案内に立ってくれた「市川君」に、「此処いらへも砲丸が飛んで来たんでせうなと聞く」エピソードが記されている。そして、「此処で遣られたものは、多く味方の砲丸自身のためです」という説明を受け、「味方の砲弾で遣らなければ、勝負の付かない様な烈しい戦は苛過ぎる」と思いをめぐらす（二十七）。二〇三高地の争奪戦を日露が繰り広げ、激戦のあまり決着が付かなかったので、日本側の砲弾でロシア兵も日本兵も死傷させなければならなかった、漱石は今、登りつつある二〇三高地の下の眠る「記憶」を呼び起こしつつ、「苛過ぎる」とつぶやくのである。

他にも日露戦争の記憶を伝える戦跡を漱石はいくつか訪ねている。

　旧市街地を抜けると、又山路に掛る。其登り口を少し右へ這入つた所に、戦利品陳列所がある。（中略）此尉官は陳列所に幾十種となく並べてある戦利品に就いて、一々丁寧に説明の労を取つて呉れるのみならず、両人を鶏冠山の上迄連れて行つて、草も木もない所から、遙の麓を指さしながら、自分の従軍当時の実歴譚を悉く語つて聞かせて呉れた人である。（二十三）

漱石は「戦利品陳列所」（今で言う戦史博物館、戦跡記念館のようなものなのだろう）を見学し、さらには鶏冠山を訪れている。鶏冠山、正確には東鶏冠山もまた二〇三高地と同様、旅順攻略戦における激戦地の一つであった。位置としては旅順旧市街の北東に位置する高地であり、第三軍は明治三七（一九〇四）年八月二一日、一二月一八日と二度の戦闘を経て、ようやく占領に成功している。また、『満韓ところぐ〵』には漱石が白玉山の表忠塔を訪れるエピソードも挿入されている。表忠塔とは日本将兵の慰霊を目的として白玉山山頂に建立されたモニュメントである。

漱石は旅順あるいは大連に関して、ハイカラ都市のイメージだけを書き記しているわけではない。その地下に埋められている戦争の「記憶」を呼び起こし、過去と現在との記憶の回路をつなげようとしている。モダン都市大連と日本将兵一六〇〇〇人あまりの戦死者を出してロシアから奪取し国家的危機を脱したという「悲惨と栄光の記憶」が、ここで連結されているわけである。

過去の記憶との回路をつなげて解釈すれば、現在の姿は、単なる風景ではなくなる。それは過去をめぐる現在の解釈を意味することになる。(14) 実際、漱石が見聞した満鉄のさまざまな事業は日露戦争と分かちがたく結びついている。満鉄の事業は、日露戦争という過去の記憶との関わりにおいてのみ、その本質的な意義を理解することができる性格のものなのであり、とするならば、漱石の満州体験もこの視点からもう一度捉えなおさないと、その歴史的文脈上の意味を理解することはできない。

そこであらためて、満鉄設立の経緯を確認してみると、日露戦争後、ロシアから譲渡された東清鉄道を中核として中国東北部の植民地経営に乗り出すことになったのが満鉄設立の起源である。設立委員会の委員長として児玉源太郎が就任し、児玉は台湾総督時代よりその能力を高く評価していた後藤新平に満鉄総裁就任を依頼することになる。その際、児玉は後藤に対して、「我若シ満洲ニ於テ五十万ノ移民ト数百万ノ畜産トヲ有センカ戦機若シ我ニ利ナラバ進ミテ敵ヲ侵略スルノ準備トナスヘク又若シ我ニ不利ナラハ巌然不動和ヲ持シテ以テ機会ヲ待ツニ足ルヘシ是満韓経営大局ノ主張ナリト是レ君カ持論ニ非スヤ」と語ったと、伝えられている。[15]「是レ君カ持論ニ非スヤ」と言うのだから、ふたたびロシアとの緊張が高まった場合に、有利に事を運ぶことができよう、満韓に日本人を五〇万人移住させるという政策は、もともと後藤が立案提起したものだったことが分かる。ここから満鉄設立に当たって、児玉—後藤の抱いていた関心事の一つが国防であったこと、日露戦後にあってもなお潜在的に存在するロシアへの脅威に対抗していくための手段として満鉄設立が目指されていたことが分かる。

ただ気をつけないといけないのは、日本人を五〇万人移民させることで満州を保全するといっても、後藤のプランでは、それが外国人の排斥とか日本資本による満州の独占を意味するものではなかったことである。ここに、よく知られる後藤新平の「文装的武装」という考え方が登場する。その内容は多岐にわたり、かつ、後藤の説明にも幅があり、一義的な意味を定義することは難しいのだが、大づかみに言えば、「文装的武装」とは、ロシアの再度の南下に備えて軍事以外の領域で日頃からさまざまな施策を講じておく、というほどの意味の言葉であった。たとえば、『日本植民政策一斑』[16]で後藤は、「文装的武装とは一寸言つて見ると、文事的施設を以て他の侵略に備へ一旦緩急あれば武断的行動を助くるの便を併せて講じて置く事であります。例之病院を置く、それを戦時のときは軍団病院に使ふ、又鉄道の吏員は軍事に差支のないやうにする為めに武官の人で鉄道会社に命令を奉じて常に鉄道内部の設備に留意し有事の日に差支なき様仕組み置く」と、説明している。この文章だけを読めば、戦時に備えて平時でも戦争遂行のために必要とされるような施設や設備を用意しておく、というほどの意味であったと理解できる。しかし、後藤の言う「文装的武装」はそれだけを意味するものではない。たとえば、明治四〇（一九〇七）年八月末に伊藤博文に提出した後藤の文書には、「日本ノ旅順経営、実ニ東洋ノ平和的進歩ヲ維持スヘキ、且文明ヲ清国ニ普及スヘキ原動地トナスニ在ルコトヲ知ラシメ、暗ニ文装的武備ノ基礎ヲ堅クスルニ在リ」と記されている。[17] 旅順を清国に西洋文明を伝える窓口としての役割を与えていくことによって、清国にとっての旅順の価値が大きくなり、結果、ロシアの南下を未然に防ぐという意味をもって、「文装的武備」という言葉がここでは記されている。

「文装的武装」という言葉は直接登場しないが、よく似た内容を含み、なおかつ、後藤による五〇万人の移民計画や満鉄の経営理念にもっとも符合している文章は、明治三一（一八九八）年一月二五日に大蔵大臣の井上馨に提出した「台湾統治急救案」[18]である。

凡ソ植民地経営ノ大体ハ今日ノ科学進歩ニ於テハ、須ク生物学ノ基礎ニ立タザルベカラズ。生物学ノ基礎トハ何ゾヤ。科学的生活ヲ増進シ、殖産、興業、衛生、教育、交通、警察等、皆此ニ開キ、以テ生存競争裡ニ立チテ、克ク適者生存ノ理ヲ実現スルコト之ナリ先ほども述べたように後藤は、西洋の文明が東洋に運ばれ、東洋の文明が西洋に運ばれるような、世界交通、世界の経済活動の結節点として満州を育成していこうとしていた。だから、西洋人を主なる対象とするヤマトホテルの整備を進めたわけだが、その後藤は同時に中国東北部を日本の勢力下に置き、ロシアの再南下に備えようとしていた。国籍を分ける様々な人間や異なる文明が行き交う交通空間であると同時に、日本による実行支配を実現すること、一見矛盾する二つの方向性を、後藤は同時に実現しようとしていたわけである。そして、そのためのプランが「台湾統治急救案」に示されたような考え方であり、それが実行に移されたのが、満鉄によるきわめて多角的な経営実践であったわけである。一読して分かるように、後藤の植民地観は、ダーウィンやスペンサーと繋がる社会ダーウィニズムを土台として形成されている。だから、その後藤は、図書館、住宅、集会所、電気公園、さまざまのインフラを整備し、そこに日本からの移民を誘致していくことで、満州を日本の勢力下におこうとしているわけである。点と点を結んでいく時、見えてくるものは、世界的な交通空間という中国東北部の「生存競争場裡」にあって、日本人が「適者生存ノ理」を実現し、他民族に対する優位な地位を確保していくよう導いていくという、後藤の満州経営の方向性である。満鉄が整備するインフラによって「適者」となった日本人が優勝劣敗の法則通り、満州を席巻し、他民族に対する勝者の地位を占める、これが後藤の描いたプランだったわけであり、その実行者が中村是公、そしてそれを見聞しているのが漱石であったのだ。しかも漱石は満鉄調査課長、川村鉚次郎の斡旋で、満鉄のさまざまな事業について内部資料を通じて知識を得ていた。その漱石ならば、満鉄がめざす「文装的武装」に関してある程度の知識を持っていたとしてもおかしくない。

青柳達雄は是公が漱石を満韓見聞に誘った理由を「漱石の筆を通じて満鉄の事業を宣伝し、ひいては移民政策を成功させようという意図に出るものと考えたい」と論じているが、[19]これまでの考察からして、青柳の推測を退けることは難しい。漱石は満鉄による慰藉事業の積極性のみを紹介し、いまだ至らざるところについては言及せず、大連の豊かさハイカラさのみを強調している。このような筆致が、少なくとも、後藤や是公の思惑に反したものにはなっていないことは間違いない。

漱石のナショナリズム

このように見てくると、『満韓ところぐ〵』にしばしば登場する人種差別的な発言の意味するものが見えてくる。たとえば『満韓ところぐ〵』では、「汚ない支那人が二三人、綺麗な鳥籠を提げて遣って来た」姿を見た是公が、「支那人て奴は風雅なものだよ。着るものもない貧乏人の癖に、あゝやつて、鳥をぶら下げて、山の中をまご付いて、鳥籠を樹の枝に釣るして、其下に坐つて、食ふものも食はずに大人しくして聞いてゐるんだよ」（九）と漱石に話しかけるエピソードが紹介されている。また、満鉄が経営する豆から油を絞る工場を見学した際、満鉄の社員が漱石に向かって、「とても日本人には真似も出来ません。あれで一日五六銭で食つてゐるんですからね。どうしてあゝ強いのだか全く分かりませんと、左も呆れた様に云つて聞かせた」（十七）と説明している。彼らの言葉の裏側に潜むのは、「文明」と「野蛮」という対立構図だろう。もちろん大連の日本人は「文明」の側に位置している。「支那人」や「クーリー」は「文明」の外部にあるような「野蛮」、あるいはアジア的停滞の中にある存在である。経済的な困窮を顧みず風流を追い求めるのも、低賃金重労働に耐えうる強靭な身体を持っているのも、彼らが「野蛮」＝「停滞」の側に身を置いているからこそであると、是公たちは考えている。

そして、気をつけないといけないのは、少なくとも『満韓ところぐ』にあっては、漱石もまた「文明」の側に身を置いており、彼らの発言に対して、違和感や反感を感じているわけではないということである。漱石ははじめてクーリーを目撃したときの感想を、「河岸の上には人が沢山並んでゐる。けれども其大部分は支那のクーリーで、一人見ても汚ならしいが、二人寄ると猶見苦しい。斯う沢山塊ると更に不体裁である」（四）と記している。漱石もまた中国人やクーリーを、「文明」の側から眺めていることは間違いない。漱石が中国人に向けるまなざしは、中村是公を含む大連在住の満鉄関係者のそれとほぼ一致している。

従来においても、繰り返しここに漱石の限界性が指摘されてきた。「日本近代が世界史的にどのような陥穽に落ちこみつつあるか、何を排除したうえで成り立っているかを認識できなかったことは、漱石の限界である[20]」、「結局ここから見出されるのは『朝鮮・中国』を『文明化』すべき対象と見做したことであるが、しまいにこれはアジアにおける日本の植民政策を正当化する論理へと繋がる[21]」などがそれである。しかし、『満韓ところ〴〵』に帝国主義者としての漱石の面影を指摘する意見はアジア太平洋戦争の段階における日本の侵略行為をこの時期に逆投影しているにすぎない。ここには歴史の遠近法における認識論的転倒が潜在している。少なくとも侵略主義者、夏目漱石のイメージは漱石自身の主観とは一致するものではない。

これまで述べてきたように、後藤新平の植民地経営の理念、それを受け継いだ中村是公による満鉄経営のありようは、〈日本のアジアに対する帝国主義的な野心〉とひと言で言い切ってしまうことに、ためらいを抱かざるをえないような意図を内包している。中国東北部を経済的に開発・振興しつつ、有事のためのインフラを整備し、移民を促進し、門戸を開放し、経済的に日本が席巻していく。日露戦争直後に打ち立てられた、このような満鉄の方向性は、ロシアの再南下に備えるという国防上の政策目的をその核心部分に内包していた。『私の個人主義』で漱石は、「個人主義といふと一寸国家主義の反対で、それを打ち壊すやうに取られますが、そんな理屈の立たない漫然としたものではない」、「国家の亡びるか亡びないかといふ場合に、疳違《ママ》ひをして只無暗に個性の発展ばかり目懸けてゐる人はない筈です」と述べている。[22] 朴裕河も指摘しているように、国家の独立を脅かすような事態に直面した場面にあっては、漱石は、国民がその危機を乗り越えていこうとする心性＝国家主義を許容している。[23]

　漱石にとってみれば、後藤新平の植民地経営に関する理念も是公が進める満鉄の事業も、一概には否定できない意義と目的性を認めざるをえなかったはずである。満鉄の事業を好意的に紹介し、中国人・朝鮮人に対して差別的なまなざしを向ける漱石は、同時に、ロシアの再南下に備えるための文装的武装の進展に同調し、進展した分だけアジア的停滞を文字通り「停滞」として意識せざるをえない漱石でもある。ここにはアジア認識に関して鷗外と同じ場所に位置する漱石がいる。日露戦争の激戦地を見学し、満鉄の「文装的武装」を目の前にした漱石は、軍事、経済などリアル・ポリティクスの次元において、近代日本を圧迫する西洋文明の脅威を肌身で感じている。満州の地にあって漱石は、好むと好まざるとにかかわらず、鷗外と同様、アジアへの同情を禁じて「文明」化を目指す近代日本のありようを受け容れざるをえなかったのである。

注

（1）小宮豊隆編『明治文化史』10　洋々社　昭和三〇（一九五五）・八
（2）南満州鉄道株式会社編『南満州鉄道株式会社第二次十年史』南満州鉄道　昭和三（一九二八）
（3）『東京朝日新聞』明治四二（一九〇九）・六・二七〜一〇・一四
（4）『東京朝日新聞』明治四二（一九〇九）・一一・一〜三・一二
（5）東亜同文会編『対支回顧録』引用は原書房　昭和四三（一九六八）・六
（6）満鉄会編『満鉄四十年史』吉川弘文館　平成一九（二〇〇七）・一一
（7）注（2）と同じ
（8）注（2）と同じ
（9）注（2）と同じ
（10）『東京朝日新聞』明治四二（一九〇九）・一〇・一八
（11）注（2）と同じ
（12）注（2）と同じ
（13）注（10）と同じ
（14）山口誠『グアムと日本人』岩波新書　平成一九（二〇〇七）・七
（15）注（2）と同じ
（16）大正三年に行われた幸倶楽部での講演の速記録、拓殖新社　大正一〇（一九二一）・一〇
（17）鶴見祐輔『後藤新平傳　満州経営編』下　太平洋協会出版部　昭和一八（一九四三）・九

(18)　後藤新平記念館編　マイクロ・フィルム後藤新平文書　R12-33
(19)　青柳達雄『満鉄総裁中村是公と漱石』勉誠社　平成八（一九九六）・一一
(20)　友田悦生「夏目漱石と中国・朝鮮」芦谷信和他編『作家のアジア体験』世界思想社　平成四（一九九二）・七
(21)　崔明淑「夏目漱石『満韓ところぐ〵』」『国文学解釈と鑑賞』平成九（一九九七）・一二
(22)　大正三（一九一四）年一一月二五日、学習院輔仁会で行われた講演
(23)　『「インデペンデント」の陥穽―漱石における戦争・文明・帝国主義―」『日本近代文学』平成七（一九九八）・五

第三章　コスモポリタンの憂鬱

——佐藤春夫と台湾原住民（一）

はじめに

佐藤春夫が台湾を訪れたのは大正九（一九二〇）年七月はじめのころである。七月の下旬には対岸の福建省に渡り、ふたたび台湾に戻ってきたのは八月の上旬であった。内地に戻ったのは一〇月初旬だからおおよそ三ヶ月の旅だったことになる。

この時のさまざまな体験を題材にして、春夫は多くの作品、エッセイ、紀行文を執筆しているが、その中でも、日本統治下の台湾における原住民政策の問題を正面から取り扱った作品として『魔鳥』(1)と『霧社』(2)がある。日清戦勝によって台湾が日本の版図に組み込まれてから、すでに二〇数年が経過していたが、いまだ台湾原住民、当時の言葉で言う「生蕃」「蕃人」による反乱や抵抗が治まらず、台湾総督府は武力鎮圧や同化政策などさまざまな手段を講じていた。この旅行で春夫が目の前にしたのは、「文明」と「野蛮」という制度的思考を自明視し、原住民を虐げる日本統治下の台湾の姿であった。

ところで、春夫がとりわけ台湾原住民について深い造詣を持つことができたのは、当時、台湾博物館の館長代理の立場にあった森丑之助と知り合ったことが大きい。このあたりの事情は「殖民地の旅」(3)、「かの一夏の記」(4)、『詩文半世紀』(5)などのエッセイにくわしく記されている。たとえば、『詩文半世紀』で春夫は森丑之助について次のように回想している。

台北では、当時そこの博物館長をしてゐた丙牛森丑之助を博物館に訪うて館内を見物するとともに、友人はわたくしを森丙牛氏に紹介してくれた。（中略）見かけによらない豪傑で、身に寸鉄も帯びないで、蕃山を横行して、蕃人たちからは日本の酋長であらうと噂されてゐるといふ人であつた。その身は閑職にあつたが、総督府内での古顔であつたから、上司はわたくしのために便宜をはかるやう頼んでくれるし、自分では島内の見るべき場所とその道順とを、スケジュールをつくつてくれた。

森丑之助は伊能嘉矩とともに日本統治下台湾における代表的な原住民研究者であり、その丑之助がさまざまな便宜をはかった結果、この旅行は春夫にとってきわめて有意義なものになった。さらに丑之助は当時、台湾総督府民政長官の地位にあった下村海南を春夫に紹介している。これが功を奏して春夫は台湾総督府の賓客のような扱いを受けることになり、結果、「この島の主のものは隈なく見て歩くことが出来た」という。

たとえば、この旅行を題材にした作品の一つ、『霧社』には、台中旅行中、春夫が台湾原住民とさまざまな接触をもったことが、書き記されている。また台北に戻った後、半月間、春夫が森丑之助の家に滞在したことも、「かの一夏の記」には記されている。『霧社』には春夫が旅行中、森の著書『台湾蕃族誌』を持ち歩いていたことも伝えられているが、これも合わせて、春夫が森丑之助から台湾原住民に関してさまざまな知識を得ていたことは間違いない。

『魔鳥』も同様である。この物語は―おそらくは春夫が森丑之助から教わったのであろう―台湾原住民の「ハフネ」「マハフネ」の伝説が題材となっている。といって、この物語において、春夫はたんなるエキゾチックな原住民像を紡いでいるわけでもない。原住民の風習を見つめつつ、大逆事件を頂点とする明治国家による思想弾圧を想起する春夫の姿勢は、比較文明論の立ち位置に近いものがある。『霧社』については次章で改めて論じるとして、まずここでは、『魔鳥』を考察の対象とし、森丑之助による原住民研究との関係性に着目しながら、加えて、台湾原住民の様子を伝えた当時のメディアのさまざまな言説もふまえつつ、日本統治下の台湾を目の前にした佐藤春夫の思索の内実を明らかにしていきたい。

入れ墨を拒む女

『魔鳥』に描かれた、タイヤル族のある一家の悲劇は、ピラという少女が一八歳になるのに入れ墨をしようとしなかったことから始まる。

一たい事の起りはピラにあるのだ。ピラは十八にもなつたのに刺墨しなかつた。ピラは美しい娘であつたから嫁に貰ひ手はいくらもあつたのだ。どんなに美しくつてもこの蕃人の仲間では額と頬とに刺墨のない女を誰も美しいとは言はない。またそんな女を娶ることはもとより女として思ひを懸けることも彼等は恥としてゐる。若しそんな女と夫婦らしくする男があつたら、人々はその男のことを未熟な果物を食つたと言つて賤しむのである。ピラは美しかつたし、それに織ることも縫ふことも何でも出来たし、もう十分に年をとつてゐたのに刺墨をせずに、自分で自分を未熟の果物としてゐるのである。これが第一に解らないことである。

ピラたちサラマオ蕃、すなわちタイヤル族は、顔に入れ墨をする風習を持っていた。女性の場合、一三歳で額に一七歳で頬に入れ墨をする習慣があった。『新台湾』大正六（一九一七）年八月に掲載されている英塘翠「黥の話」には、タイヤル族が別名、「黥面蕃」と言われていたと記されている。「黥」とは入れ墨のことを指す。タイヤル族では女性が成人すると入れ墨をするのだが、その入れ墨が鮮やかであることが美人であることの条件だった。ところが、入れ墨の部分がただれたり引きつったりすると、不美人の烙印を押されることになり、多額の所持金を用意しなければ嫁入りが難しくなったらしい。いずれにせよ「女が黥をすれば、一人前の男が嫁にすることも出来、婿を取ることも出来る」というのが、タイヤル族の習わしだった。

にもかかわらず、ピラが入れ墨をしなかったということは、大人になることを彼女の意志として拒否したこと、結婚を拒否したことを意味している。ここから村人は様々な憶測をめぐらすことになる。ピラが「狂暴な軍隊」（もちろん日本の軍隊）のあとを慕って後ろからついて行く姿を目撃した村人たちは、ピラが軍隊の兵卒に犯されたのだと噂する。この噂とピラが入れ墨をしようとはしなかったことが結びつき、一族の掟として「刺墨をしようと思へば、その女は今迄自分の身に起つたすべての出来事に就ては何もかも刺墨の時に打ち明けて話さなければならず、だからピラは入れ墨をしないのだと、さらなる憶測をめぐらすことになる。タイヤル族では、「一旦異種族に肌身を許せし女は生蕃仲間では決して人格を認めない計《ママ》り」ではなく、「斯る女とは絶対に同種族間に於て結婚することは肯ぜない」と定められていた[6]。春夫が発表した原住民を題材にしたもう一つの作品『霧社』には、日本の警官と結婚した結果、村に戻ることができなくなった原住民の女が登場している。

　これをふまえれば、村人たちの妄想の内容がより明確になってくるだろう。日本の軍隊に犯されたことによってピラは結婚を望むことができなくなった、そう村人達は憶測している。入れ墨の際にすべてを告白すれば、他の種族と交わったことが知られることになり、結婚できなくなる。それならば、はじめから入れ墨をしなければよい、少なくとも自分の過去が知られることはない。そう考えて、ピラは入れ墨をしようとしなかったのだと、村人たちは空想をめぐらしたわけである。

文明と野蛮

入れ墨や婚姻をめぐるさまざまな因襲が、ピラとその家族を悲惨な末路に追いやっていく一因を形成していることは今、見たとおりである。それだけではなく、物語には他にも、さまざまな偶然が重なる形で、ピラたちの人生が思わぬ方向に導かれていく様子が描かれている。正確に言えば、ある偶然が媒介する形で、さまざまな迷信が人びとの心の中で共鳴しはじめ、やがて一つの憶測が作り上げられていく様子が描かれている。

話は前後するが、その一つが「狂暴な軍隊」による原住民たちの掃討である。「蕃人たちの知らないうちに何時の間にか彼等自身の領土のなかへ入り込んでゐた或る文明国の軍隊」が、「平地の人間でもこんな非道なことがよくも出来るものかと考へられるやうな行為を敢てしたのである」。「文明国の軍隊」は「蕃人」に向って、降伏せよと迫り、屈服のしるしに一つの建物のなかへ集まれと命令する。言われたとおりに建物に集まったのは八〇数人であった。そして、「文明国の軍隊」は「しつかり戸をしめたその建物の外から」突然火をつけたのである。「そのなかにあつた蕃人たちは皆焼け死んだ」という。この「蕃人どもは平生最も凶暴な奴等だつた」というのが、「文明国の軍隊」の言い分であった。このエピソードでは、「蕃人」以上に野蛮で残虐な「文明国」の姿が描かれている。

ところで、森丑之助は「台日社説の蕃人に関する社説を読みて」で、日本と原住民とのかかわりについて、きわめて興味深いことを語っている。(7) 森によれば、台湾統治が始まった頃は、台湾原住民は日本人に対してなんらの反抗的態度も示さず、非常に敬虔な態度を以て接しており、きわめて好意的であった。東部台湾を日本軍が掃討する際や土匪討伐の際には、率先して協力した原住民もいたという。その理由は「三百年来の根底深い本当の漢民族を少数の日本人にして瞬間に之れを征服して其支配の下に就かしめた事実に彼等をして心から驚嘆せしめた」からであった。三〇〇年来、漢民族の支配下にあった「蕃人」たちは、当初、日本人に対して、自分たちに自由と解放をもたらしてくれたと、歓迎の態度を示していたと言うのである。ところが、日本人と「蕃人」との関係はその後、悪化の一途をたどることになる。「日本人が彼等に対するに余りに無理解であり、彼等に接するに余りに自我的であつたことが種々なる紛糾を来した所以で、其責任の大半は寧ろ吾に在るものだ」というのが森の見解である。このような森の意見がある程度、春夫にも伝わっていたことは十分ありうる。

日本統治下台湾における原住民政策に関する諸言説に目を転じてみると、森の観察が的を射たものであったことは間違いない。

よく知られているように、初代の台湾総督は薩摩出身の樺山資紀である。樺山と言えば、明治二四（一八九一）年の蛮勇演説が有名だが、薩摩武士そのままの猪突猛進型の古武士のイメージが強い。しかし、意外なことに、台湾総督時代の樺山は「蕃人」に対してきわめて慎重に対応している。明治二八（一八九五）年八月二五日、樺山は「生蕃接遇に関する訓示」で次のように語ったと伝えられている。

抑モ生蕃ノ性タル極メテ蒙昧愚魯ナリト雖、又固有ノ風ヲ存セリ、其一度彼ガ心ニ悪感情ヲ抱カシメンカ、後日之ヲ挽回スルノ道ナカラン、即チ彼ノ二百年来支那人ヲ敵視シテ敢テ反抗セルハ好例証ト謂フベシ、蓋本島ヲ開拓セントセバ必ズ先ヅ生蕃ヲ馴服セシメザルベカラズ、而シテ今ヤ実ニ其時期ニ際会セリ、若シ生蕃ヲシテ本邦人ヲ見ルコト猶支那人ノ如クナラシメンカ、本島開拓ノ業ハ大ナル障害ヲ被ランコト必セリ、故ニ本総督ハ専ラ綏撫ヲ主トシ、以テ其効果ヲ他日ニ収メント欲ス、各官ニ於テモ亦須ク此意ヲ体シ、各部下ヲ訓戒シテ、生蕃接遇ノ途ヲ誤ルコトナカルベシ(8)

この文章は日本統治下の台湾にあって原住民政策を語る際に、さまざまな場面で繰り返し引用されてきた。ここで樺山は、清国が台湾統治に失敗した原因は、原住民政策にあったと語っている。高圧的態度で臨んだために原住民の反感を買い、結果、原住民による反乱が相次ぐ結果になったというのが、樺山の見方である。だから日本は清国の二の舞にならないよう原住民と日本人が信頼関係を築くようにつとめないといけない、原住民が日本人に対して悪感情を抱いたり、敵視するようなことがあれば、それが台湾統治の大きな障害になる。樺山資紀が示した蕃人統治の指針はこのようなものであった。樺山が抱いた台湾原住民に対するイメージの起源を探っていくと、明治六（一八七三）年に樺山が陸軍少佐として台湾出兵に参加していた際の興味深いエピソードに突き当たる。台湾出兵の際に樺山は蕃人を船に招き、酒食をともにし彼らが欲したものを与え、親交を結び、彼らの協力をえた。「信義」をもって「蕃人」と接した樺山は、「生蕃は勇あつて義を好む」「信を以て交る妄に人を殺すことあらんや」と当時、語ったという。台湾総督としてふたたび台湾にやってきた樺山が「馴服」「綏撫」を「蕃人」政策の基本に据えることになったのも、この時の体験と無関係ではない。(9)

台湾総督はその後、桂太郎と交代するが在職期間は四ヶ月であり、台湾に赴任したのはそのうちのわずか一〇日あまりであった。(10)そのためであろうか、総督時代の業績やエピソードはほとんど残っていない。三代目の台湾総督は乃木希典である。乃木もまた樺山の方針を踏襲しており、明治三〇（一八九七）年四月二一日の撫墾署長会議の席で、「元来風俗習慣の異なれる日本人が新たに本島を主催する過渡の時期なれば蕃人の土人（筆者注、「漢民族」を指す）に対する感情に比し一段良好ならしむるは尤必要の事なり」と語ったと伝えられている。[11] もちろん樺山や乃木も土匪や原住民を武力を持って鎮圧しようとはしているし、それを虐殺という厳しい言葉で言い表すことも可能である。[12] しかし、このような言葉からうかがわれるのは、少なくとも、樺山時代から乃木までの日本統治下台湾の諸言説にあっては、その武力行使を、「文明」と「野蛮」という認識論的布置を媒体として聖戦化しようとはしていないことである。分かりやすく言えば、反抗するから懲らしめたと語っているだけで、そこに道義上の正当性を求めるような姿勢をうかがうことはできない。

当時のさまざまなメディアを閲するかぎり、このような姿勢が根底からくつがえされるのは、四代目総督、児玉源太郎以降である。明治三三（一九〇〇）年二月、殖産協議会の席上で児玉は「対蕃政策」について、「蕃界ニ生息スル蕃人ハ」「野生禽獣」のようなものであり、「酒食ヲ饗シ慰撫ヲ加へ乃チ依リテ誘導ヲ就サントスル如キ」「緩慢ナル姑息ノ手段」は、「新領土経営ノ急用」なる今日においては不可である、「速カニ鋭意シテ前途ノ障害ヲ絶滅セシムルコトヲ期スヘキナリ」と語ったと伝えられている。児玉が言う、「酒食ヲ饗シ慰撫ヲ加へ乃チ依リテ誘導ヲ就サントスル」とは、明らかに台湾出兵の際の樺山の「美談」を当てこすったものである。[13] 児玉はここで、台湾原住民に対して「馴服」「綏撫」につとめるという従来の方針を一八〇度転換すると語っている。「蕃人」は獣と同じであり、台湾統治の障害に過ぎない、彼らの信頼を勝ち取るというような悠長な手段は、台湾統治が急がれる今日にあってはふさわしいものではなく、「絶滅」を期するべきであるというのが、児玉の方針であった。同様の内容は無記名「劉銘伝の対蕃策」(14)でも伝えられている。ここでは赴任直後、児玉が周囲に向かって、「生蕃ハ実ニ台湾開発上ノ一大障害ナリ」「之ヲ討伐シ、之ヲ屠殺スルノ政府ヲ以テ、敢テ無道トナスカ、生蕃ハ人ノ形体ヲ具ヘタル猛獣ナリ、猛獣ヲ遇スルノ道ハ、自ラ人ヲ遇スルト異ナレリ」と語ったと伝えられている。今日の立場から見れば、児玉の言葉はそのあまりのすさまじさに驚きを禁じえないが、今は児玉源太郎個人の問題に触れるつもりはない。児玉は明治三一（一八九八）年に台湾総督に就任するものの、陸軍大臣、内務大臣、文部大臣を兼務し、日露関係の悪化にともない参謀本部に転出していくことになる。したがって児玉時代の台湾統治はほとんど後藤新平に一任されており、直接台湾統治を指揮していたわけでもない。今の文脈で私が言おうとしているのは、児玉個人の歴史的な評価ではなく、台湾統治が始まってから五年を経て、児玉就任の時期から、日本統治下台湾の言説に、「文明」と「野蛮」という認識論的布置が見え隠れしはじめた点にある。

佐藤法潤は明治三二（一八九九）年「蕃人化育私儀」で、「今や我国は文明を以て世界に鳴り、優に東洋無比の高等国たりと雖、試に三十年以前の状態を回顧すれば、実に亦云ふに忍びさる野風を存せしにあらずや」「是れ台湾の北蕃人、即ち『アタイヤル』種族に於て今行はれつつある悪習と大同小異」と語っている。[15] よく考えれば侍もいくさになれば敵の首をあげ、平時も辻斬りが横行していたわけで、タイヤル族と大同小異ではないか、と佐藤はここで語っている。たしかに、若かりし頃、朋友の首を落とした樺山や明治天皇に殉じた乃木が「文明」の側に自らをアイデンティファイしていたとは考えられない。その意味では、同じ「野蛮」の側にある「生蕃」と親交を深めようとしたというエピソードは、今日から見ても一定の説得力を持つ。一方、同じ元武士であっても、明治国家の中枢にあった官僚政治家であり、日露戦争にあっては満州軍参謀長として近代戦の指揮を執った児玉源太郎から見れば、「信義」をもって「蕃人」に向き合おうとする浪花節のような樺山の方針がナンセンスなものに見えたとしてもおかしくはない。

春夫が「文明国の軍隊」を「野蛮の軍隊」とさりげなく言い換えているように、暴力や殺戮は児玉源太郎的な言説の側に、「文明」の側にあった。『魔鳥』に登場する「文明国の軍隊」は、「蕃人」をだまし討ちにする形で焼き殺しているが、このような残忍な行為を正当化する論理とは、「この蕃人どもは平生最も凶暴な奴等だつた」というものであった。暴力を道義的に浄化し聖戦化していく論理操作が、「文明」と「野蛮」という認識論的布置を媒介として行われていたことが分かる。

そして、日本統治下の台湾にあって「蕃人」が「野蛮」の側へと追いやられることになったのが、児玉源太郎登場以降、明治三三（一九〇〇）年以降であったということは、別言すれば、日本統治下台湾の諸言説において「文明」と「野蛮」という認識論上の枠組みは自然発生的なものではなかったことを意味する。この起源が忘却されていくことで、その枠組み自体が自明視されるようになり、結果、「蕃人」は「馴服」の対象から「絶滅」すべき「禽獣」へと、配置転換されていくことになったわけである。

迷信と暴力

「文明国の軍隊」によって村々が襲われたことをきっかけとして、ピラたちは村人たちから「魔鳥使ひ」ではないかと、疑われるようになる。

ピラたちが住んでいた村は、虐殺の対象とはならなかったが、「文明国の軍隊」によって数人が殺されていた。村では、「蕃人」たちが、「自分たちの種属のなかへ降りかかつたこの災難を見て、これにはきつと魔鳥使ひの呪術があるに相違ない」と考えるようになる。「文明」と「野蛮」という認識論的布置が形成されていくのと同時に実行された「野蛮」に対する暴力に関して、「蕃人」つまり「野蛮」の側は、これは「魔鳥使ひ」の仕業にちがいないと、別の「迷信」あるいは制度的思考をもって解釈したわけである。

作品の中で春夫はその魔鳥を「ハフネ」と呼んでいる。「ハフネはどんな鳥であるか。ちよつと鳩のやうな形で白くつて足も赤い――といふことである。が、その形態をこれ以上によく知つてゐる人はこの世界には無いのである。といふのはハフネを見たことのある人は生きてゐる人間のなかにはひとりも無いからである」というのが、作品の中での説明である。なぜ、見た人が誰もいないのかというと、一度でもこの鳥を見た人は、かならず死ななければならない運命を持ってるからである。ただし、ハフネを見ても死なない人間も存在する。それが「魔鳥使ひ」である。魔鳥ハフネを自由に駆使する、つまり、自分の意志で自由に他人の命を奪うことのできる「魔鳥使ひ」は「マハフネ」と呼ばれていた。「蕃人」たちは「魔鳥使ひ」を「人類の呪ひ」とし、「人類最大の敵」と信じており、「魔鳥使ひ」がいれば、「その魔鳥使ひを一刻も早く殺してしまふことは無論、ただ魔鳥使ひ其の人だけではなくその一家族をも一人残らず戮殺することに」なっていた。なぜならば、「魔鳥使ひ」を輩出する家族である以上、その家族全員に魔鳥を使って人の命を奪う力が備わっているかも知れなかったからである。「蕃人」の社会では「魔鳥使ひ」であることは最大の悪であり、「魔鳥使ひ」と目されるということは、村人による家族全員の殺戮を意味していた。

「文明国の軍隊」によって「蕃社」が襲われてから、「蕃人」たちはそれを「魔鳥使ひ」の仕業と解釈し、禍を取り除こうと考えはじめる。そして、ピラやその父親、サツサンに疑いの日が向けられることになった。ピラが「魔鳥使ひ」と見られるようになったことは先ほど説明したとおりであるが、父親のサツサンが、「魔鳥使ひ」と見なされたのは、ある些細な偶然による。サツサンは真っ直ぐ前を見て歩くのではなく、人とすれ違うときには、「慌てて目を上げるが直ぐに目を外してしまふ」ことがよくあった。村人たちはそのようなサツサンの態度が腑に落ちないように感じはじめる。サツサンは何かやましいことがあるから、なるべく人と目を合わさないようにしているのではないかと疑いはじめたわけである。このような状況の中で「文明国の軍隊」による虐殺が行われたことで、村人たちはサツサンもまた「魔鳥使ひ」ではないかと、疑いはじめることになる。そして、最終的に村人たちは、「サツサンの小屋へ火をつけ」、うまく逃げ切ることのできたピラと弟のコーレを除く、家族全員を斬り殺してしまった。

この「マハフネ」虐殺が、森丑之助から教授された知識を題材として採用したものであったことは間違いない。森丑之助は『台湾蕃族誌』で「ハウネ」「マハウネ」の伝説、「マハウネ」の風評がたった一族が村人に私刑に処されてしまうエピソードを紹介しているが、(16)『魔鳥』の内容とまったく同じである。

興味深いのは、同じ「ハウネ」「マハウネ」の伝説も、これを日本統治下の官憲の側から見た場合、まったく異なるとらえ方がなされていることである。昭和七（一九三二）年一月の『理蕃の友』に掲載された瀬野尾寧「陋習何故に改むべきか」には、タイヤル族の「迷信」、魔法使い「マフニー」（「マハフネ」の別表記だろう）のことが記されている。こちらも、「蕃人間から一度びマフニーと睥れたらその者及一族はどこまでも嫌悪され一生浮ぶ瀬が無い。そして若し事があつたら惨殺の憂き目に遭ふと云ふ、危険極まる陋習である」、「殊にタイヤル族に多いやうだ」と紹介されている。そして、さらにこの記事では、大正元（一九一二）年、「マフニー」と目されたある一家が、「蕃社」の者全員に襲われ、一人ずつ縛って生きたまたき火に放り込まれた、日本の警察が駆けつけて八人目でようやく止めさせることができた、と伝えられている。この記事の重要な点は、魔鳥をめぐるタイヤル族の「迷信」が日本の植民地政策、原住民政策との関わりの中で捉え直されているところにある。「マフニー視されてゐる蕃人が何等の罪もないのにどんなに不幸な目に遭つて居るかを思ふとき、速に打破強制を要すべき迷信であることを考えさせられる」、「この迷信から来る圧迫を差向き防止しなければ蕃地の治安が保てない」、「魔法使視されて居る一族、一家が一般から取り残されていくと云ふことを考ふるとき指導上看過できない陋習である」などなど、ここで「マフニー」は、明らかにタイヤル族の野蛮性の象徴として語られている。結果、日本人は彼らを啓蒙し、場合によっては取り締まりや武力鎮圧も辞さず、同化（日本人化）しなければならない、そのことによって、野蛮な生活から「蕃人」を救済しなければならないという主張が展開されることになる。「マフニー」をめぐるさまざまな事件が、原住民の同化政策の必要性を訴える言説に回収されていく様子をここに確認することができるだろう。「迷信上の凶行を防ぐにはまづ彼等の頭から改造しなければ根絶が出来まい、即ち迷信の打破である」という瀬野尾の言葉[17]はその最たるものである。他にも、早い時期のものとして佐藤法潤が明治三二（一八九九）年に「蕃人化育私儀」で書き記した「習俗の熟する處第二の性を成す、習俗の力亦実に恐るべき哉、然りと雖其一たび接合せしものは、必ず之を摂理せしむるの法あり」という言葉[18]も、瀬野尾の発想とその底流においてつながっている。

「蕃人」の因襲打破を主張する記事は昭和に入ると急激に増え始める。「進化の遅れた高砂族をして、一日も早く立派な日本人にしてやりたいと云ふ方針で導いて居る[19]」、「彼等の迷妄を啓き、陋習を打破し、今や蕃山到る處旧態を脱し、君が代を歌ひ、国語を話し、真に皇化に鼓腹撃壊するに到つた[20]」などがそれである。当時台湾帝国大学教授の位置にあった飯沼龍遠が「警察官などはこんな迷信は一日も早く打破しなければならんと、遮二無二蕃人に吾等の押しつけやうとせられる方がある[21]」と述べているように、「蕃人」たちが信じる因襲は、台湾統治を推進する側の日本から見れば、障害に過ぎなかった。野蛮な迷信として「蕃人」から引きはがし、「文明」化していくことこそが、「蕃人」政策の大きな方針であったわけである。ハフネやマハフネのエピソードは、当時のメディアにあって「蕃人政策」の正当性、同化政策の必要性を強調をするための逸話として、象徴的な意味を内包していた。

それはともかく、当然のことながら、春夫は帝国が推し進める同化政策に呼応する形で、ハフネやマハフネの伝説に題材を求め、物語を創作しているわけではない。その証拠に、春夫はこの物語で、大逆事件で絞首刑になった人たちと「文明の軍隊」によって虐殺されたタイヤル族の人たち、そして村人たちに殺されたサッサン一家をすべて同列に語っている。

私が今述べようとする話は或る野蛮人の迷信に関するものである。

一たい野蛮人にだつて迷信はある。この点は文明人と些も相違はない。但、文明人のものは複雑で理屈ばつてゐるのにくらべて野蛮人のものはもつと直感的で素晴らしいだけだ。

野蛮人にだけ迷信があつて、文明人にはそんなものはないと若し考へる人があるとすると、それは飛《ママ》んでもない事だ。文明人が見て野蛮人の風俗習慣のなかにたくさんの迷信があると思ふやうに、野蛮人が見たら文明人の社会的生存の約束のなかにそれこそ多数の迷信を発見するだらう—我々が道徳だと思つたり正義だと考へたりしてゐることでさへも、彼等野蛮人はひよつとすると迷信だと考へないとは限らない。ちやうど我々が野蛮人の道徳や人道を迷信だと思ふのと同じことだ。

ここで春夫は「文明」と「野蛮」という認識論的布置そのものの失効を語っている。「文明」国といわれる場所にもさまざまな迷信があり、その迷信が暴力や不条理を生み出しているというのだ。

そして、春夫は「文明」と「野蛮」がともに「野蛮」の側に属する理由として、二つのエピソードに言及している。一つは、彼がこの旅行中、風俗習慣を異にしているというだけの理由で、「文明人」が「殖民地土着の土民」を牛馬のように扱っているのを見た、というエピソードである。ここで語られている内容が、日本人の「野蛮」な振る舞いを指摘したものかどうかははっきり記されていないが、いずれにせよ、「文明」が内包する暴力性を告発する内容になっていることは間違いない。

さらに春夫はこの物語で大逆事件にも言及している。「文明人が他の表情を異にした思想―それによつて一般人類がもつと幸福に成り得るといふ或る思想を抱いてゐた人々を引捉へて、それを危険なる思想と認めて、屢々その種の思想家を牢屋に入れ、時にはどんどん死刑にしたのを見聞したこともある」という言葉がそれである。春夫は新宮中学在学中、後に大逆事件で絞首刑になった大石誠之助らが運営していた私設図書館をよく利用していた。また大石が死刑になった際にはその死を悼む詩を発表している。[22]これを踏まえれば、「一般人類がもつと幸福に成り得るといふ或る思想」が、幸徳秋水らによって紹介、提唱された無政府主義を指しており、「それを危険なる思想と認めて」「どんどん死刑にした」とは、大逆事件を指していることは間違いない。文明国であるはずの日本が引き起こした思想的弾圧もまた、マハフネを虐殺する「蕃人」の暴力と大差はないと語っているわけである。いずれにせよ今日から見れば、春夫の姿勢が、帝国によって推し進められつつあった同化政策に対する抵抗になりえていたことは間違いない。この点についてはこれまでの研究でも、「日本側の理蕃政策の野蛮さを指摘する、一種の逆説的な文明批判[23]」、「日本人の『何とも言えない鈍感』な植民地政策の現実に対する鋭い批判的精神[24]」などの分析がなされてきている。

これらの指摘はもちろん的を射たものなのだが、しかし、同時にここにこの物語を理解する難しさがあることも事実である。植民地下の暴力という時事的な問題系のみを抽出すれば、『魔鳥』という物語を理解する上での、ある死角をも同時に抱え込むことにもなるのだ。この点を見逃してはならない。

森丑之助も、当時「蕃人」の立場に立って、繰り返し当局の姿勢を批判していた。「台日社説の蕃人に関する社説を読みて」で丑之助は、「蕃人に愛護を加えよ」という発想そのものが、治者と被治者、征服者と被征服者、強者と弱者、優者と劣者という非対称な関係を前提にしており、そこには差別観念が入り込んでいると主張している。(25)「文明」と「野蛮」という認識論的布置そのものの失効を唱えている点では、春夫の立ち位置ときわめて近い。ただし、丑之助の場合、その理由は「蕃人」の文化にも、「文明人」の文化に勝るとも劣らぬ、すばらしい価値が内包されているからであった。

たとえば、「北蕃の迷信」で丑之助は、「迷信なるものは単に野蛮人や未開の人類にのみ有するのではなく洋の東西を問はず、時代の古今を論ぜず、何れの処、何れの人種にも、劣らず有する処の普遍性のものである」と語っている。(26)丑之助もまた春夫と同じく、「野蛮」の側にだけでなく「文明」の側にもまた迷信は存在する、だから「文明」に属する人間が「野蛮」に属する人間を蔑視することはできないと、語っているわけである。しかし、ここからが異なる。丑之助によれば、「迷信と云ふも、野蛮人の迷信として軽蔑の念を以て徒らに看過することは出来ない」、「もし文明に中毒して複雑なる生活に倦き、心機一転、自然に近く極端なる簡易生活を望まば、畢竟するに蕃人に学ばねばならぬ様な事に帰著するとも限らない」のである。文明あるいは資本主義社会に対する違和感や嫌悪、疎外感を背負う形で、原住民の迷信に向かった場合、そこに私たちが進むべき方向性、あるいは新しい人生の姿を発見できるかもしれないと、丑之助は語っているのだ。彼にとって「蕃人」の文化は野蛮なものではなく、すばらしい価値を内包したもう一つの文化の姿であった。だから、その論理的帰結として私たちは「文明」と「野蛮」という対立構図を捨象しなければならないという結論へとたどり着くことになる。

一方、春夫の場合、「文明」人による「野蛮」人の差別や虐殺、大逆事件などを例に引きつつ、「文明」の内部にも別の迷信が内包されている以上、両者はプラス価値とマイナス価値に分かたれるはずもなく、どちらも暴力性、排除の構造を内包している点で等価であると、語っている。先ほど言及した、大逆事件で刑死した大石誠之助を悼んだ詩、「愚者の死」には、「げに厳粛なる多数者の規約を裏切る者は殺さるべきものかな」と記されている。(27) 佐藤春夫の目には、「多数者の規約を裏切る」点で、大石誠之助も村人に殺されるマハフネも同じに映っているのである。

佐藤春夫と森丑之助、いずれも、「文明」と「野蛮」を等価値と認めつつも、「蕃人」の文化のすばらしさを説いた丑之助とはまったく異なった姿勢で、春夫は迷信の問題を思考している。「野蛮」をマイナス価値の側からプラス価値の側に置き直す丑之助に対して、春夫は「文明」を「野蛮」の側に置き直している。分かりやすく言えば、「蕃人」は「野蛮」だが「文明」人も「野蛮」なのだから同じようなものだと春夫は語っているのであり、丑之助のように原住民に対する同情を前面に押し出した主題を展開しているわけでもないのだ。その意味では、『魔鳥』に原住民政策への批判を見る解釈は、作品の一側面を指摘するものではあっても、物語全体の性格を正しく言い当てたものとはなりえていない。

一回性の構造

村を追われたピラとコーレは人里離れた山の中で生活するようになる。一三歳になったコーレがいつもの遊び場所から帰って来ると毒蛇に噛まれてピラは死んでいた。たった一人生き残ったコーレはあちらこちらを歩くようになる。もとの小屋へ帰っても、ピラはいないし、食べるものも小屋には残っていなかったからだ。ある日、コーレは見たこともない草原を発見する。しかし、その草原には狩りに来た別の「蕃人たち」がひそんでいた。彼らは足音も立てずに近づき、「自分たちの蕃社の者でないことを認めると」、彼らの一人がコーレを撃ち殺してしまう。そして、「蕃人」の一人が若い「蕃人」に向かって、「来い。早く来い。来て、この首を取るのだ―お前の嫁とりの資格は出来た！」と叫ぶ。若者は、「その見知らない少年を覗き込んでから刃幅の広い刀で首を落した」。これがコーレの最期であった。このエピソードを語り終えた、春夫の分身である語り手が、最後に「やがて歩きつづけて行くうちに、私は蕃人の社会にもあるところのさまざまの迷信に就てまた文明人の迷信に就て、何かと考へて見たのであつた」という言葉を添えて、この物語は終わる。

春夫は「蕃人」の迷信と「文明」の迷信について何を考えたのだろうか。結局、この問題がこの物語の本質を考えることにつながってくる。先ほども指摘したように、とりあえずは、この物語を日本統治下台湾の諸言説との関わりの中で見れば、帝国の植民地政策に対する抵抗の姿勢を示していることは間違いない。しかし、同時にこの物語には、さまざまな迷信が我々の生存にもたらす不条理をも語られている。

この物語には、我々の思考や感性、生存をその中に抱え込む形で支配する多くの制度的思考が登場している。まず登場するのが「ハフネ」や「マハフネ」の伝説である。それを見た者は死んでしまうのだから誰も見たことがないはずなのだが、誰も見たことがないことをもって、その存在が信じられている。そして「ハフネ」と「マハフネ」の迷信は、いくつかの別の迷信と偶然的に連結する形でサツサンやピラ、コーレの人生を思わぬ方向に導いていくことになる。一つはピラが入れ墨をしようとはしなかったことである。物語には入れ墨に関する迷信が村の「蕃人」たちの想像力を刺激する形で、ピラにまつわる悪意ある空想が共有されていく様子が書き込まれている。次は父親のハッサンのおどおどした態度、三つ目が「文明国の軍隊」による武力鎮圧である。ここにも「文明」と「野蛮」という迷信が潜んでおり、結果、「野蛮」に対する暴力はすべて道義的に浄化され、多くの「蕃人」たちが焼き殺されていくことになる。そして、「ハフネ」と「マハフネ」の迷信とこれら三つの出来事が空想の領域で連結していくことで、サツサンたちは村の「蕃人」たちに殺されることになる。

ピラとコーレは生き残るが、ピラが偶然に蛇に噛まれて死んでしまう。その結果、居場所を失ったコーラは、草原を彷徨するうちに、今度は「首狩り」という別の迷信に巻き込まれ殺されてしまう。言うまでもなく、首狩りもまた「蕃人」たちの迷信、彼らの間で共有されていた一つの風習である。草原に横たわる首の無くなったコーレの死体の様子が物語の末尾近くで、「きつと裸で、さうして首のない小さな屍がひつそりしたところへ残されてゐたであらう。さうしてその上であの大きな虹がおもむろに薄れて行つたらう」と語られている。このような静謐を湛えた筆致から伝わってくる主題は、生の不条理や無常観である。

春夫は「うぬぼれかがみ」で「人間社会といふ共同生活体の一員と思つたことは一度もない」、「自分は人間のどんな規約をも重んじない」と語っている。春夫が文学に向かったのは「人間と人間生活」を愛していたからではない。「人間から文学の中に逃げ込んだのである」。そのような彼にとって「人間が神から離れ、更に人間自身の諸法則からも解放された近代にあつては芸術上の諸法則も破壊されて生命の躍動そのままを文学の法則」とした「近代ロマンティシズム文学」こそが近代文学としての本来的なありようであった。(28) このような春夫の文学観を横に置いてみれば、『魔鳥』に描かれたサツサンやピラ、コーレの姿が何を象徴しているか明らかになってくる。彼らはみな、人間を支配するさまざまな「諸規則」、つまり迷信という制度的思考によって翻弄されている。別言するならば、この物語においてサツサンやピラ、コーレの悲劇については、二種類の原因が書き込まれている。一つは迷信である。ハフネとマハフネ、入れ墨、文明と野蛮、首狩り、いずれにせよ、制度的思考は、人びとをその中に取り込みつつも、同時に、その巧緻な奸計によって、そのこと自体が忘却され、自明視されるものとして存在している。迷信は人間の生存を脅かす暴力性を内包するものとしてあり、そこに第二の原因、すなわち何らかの偶然が介入することによって、迷信はある方向へと暴力性を放出することになる。『魔鳥』で言えば、ハフネやマハフネという迷信が内包する一定の力の量が放出されていくのは、他の迷信に抵触したピラの行為や、「文明」と「野蛮」という迷信によって遂行された武力鎮圧と、偶然的に連結してしまったからであった。また、その結果として山中に住むことになったコーレは、姉のピラが蛇に噛まれて死んでしまうことで、一人きりになってしまい、結局、首を狩られることになる。ここにも偶然性と迷信が連携して囲い込むかたちで、人間の生存を脅かす姿が書き込まれている。

小林秀雄の有名な「歴史は決して二度と繰り返しはしない」という言葉について、柄谷行人は「たぶん彼が言いたかったのは、出来事を法則・構造（同一性）としてや理念（一般性）のなかでの特殊性として見るのではなく、単独性としてみなければならないということだ」と語っている。(29) コーレやピラ、サッサンの人生は、小林や柄谷が述べるような一回的な生存のありようを示している。私たちの生はさまざまな制度的思考に取り巻かれている。迷信に内包された暴力性が私たちの生をある方向へと押し流していった結果、時には、今度は別の迷信が我々の生存を脅かし始めることもある。春夫の言葉で言えば、「文明」、「野蛮」を問わずあらゆる「人間社会といふ共同体」に内包される「諸規則」によって「生命の躍動」を阻まれるような生存の姿が、『魔鳥』には描かれているのだ。偶然性が介入することで、そのような生は、柄谷が言うように、一般化、構造化を拒む一回的なありようを示す。別言するならば、合理的、科学的な因果律によっては解釈不可能な、不条理としか言えない様相を示す。たまたまうつむいて歩く癖を持っていたとか、姉が蛇に噛まれ死んでしまったとか、一見無関係にも見える出来事が、迷信の暴力性を覚醒させることもあるのだ。

　このように見てくるとき、私たちは『魔鳥』という作品が二つの問題系を内包した物語であることに気づく。一つは日本統治下台湾における原住民政策に対する抵抗の姿勢である。しかしこの主題に関しては森丑之助が春夫以上に繰り返し、徹底して語っている。丑之助と決定的に異なるのは、この物語には、制度的思考が人間にもたらす不条理と悲劇という、もう一つの問題系が埋め込まれているところにある。後者は、植民地政策に対する批判という時事的な主題を突き抜ける形で、美学的な主題、普遍的な生存のありようを洞察した内容となっている。『魔鳥』は時事的な問題系の背後に普遍的、美学的な主題を配した、二重構造の様相を呈する物語として構築されている。

「文明」の名の下に台湾原住民を圧迫する帝国の植民地統治に対して批判的でありながら、同情を前面に押し出そうとはしない春夫の立ち位置は、これまで取り上げてきたフェノロサや鷗外、漱石、天心と比べて、きわめてコスモポリタン的である。その意味では、『魔鳥』は大正期のインテリゲンチャによるアジア認識の構造を体現しているとも言える。たとえば、岡倉天心にとって「愛」や「平和」は、「アジア」という集合的表象に内包されている。天心にとって「私」という概念は、「アジア」という中間項を媒介としてのみ、あるいは、「アジア」という実存様式に投企することによってのみ、普遍的価値に参入することができた。一方、佐藤春夫の場合、大逆事件を引き起こした明治国家にせよ、マハフネを虐殺する「蕃社」にせよ、共同体はすべて個人の生を疎外する障害物と見なされている。あらゆる「個」にはすでに普遍的な真理なり価値なりが内包されており、洋の東西を問わず、すべての共同体、すべての慣習がその実現を阻むものとして思考されているわけである。

「西洋」と「東洋」という二極に加えて、「私」という普遍的価値を内包する第三極が、佐藤春夫の思考の中には存在しており、春夫はこの第三極に自らの立ち位置を求め、「文明」と「野蛮」をともに「野蛮」の側に再配置している。このようなコスモポリタン的な立ち位置が、佐藤春夫独特のアジア認識、「西洋」と「東洋」、「文明」と「野蛮」とを問わずあらゆる制度的思考は生の不条理をもたらすという『魔鳥』の美学的主題を形成する母胎となっているのである。

注

（1）『中央公論』大正一二（一九二三）・一〇
（2）『改造』大正一四（一九二五）・三
（3）『中央公論』昭和七（一九三二）・九
（4）初出は創作集『霧社』昭和一一（一九三六）・七
（5）読売新聞社　昭和三八（一九六三）・八
（6）無署名「生蕃の女」『新台湾』八号　大正六（一九一七）・八
（7）『実業之台湾』大正一四（一九二五）・七
（8）藤崎済之助「樺山総督と理蕃」（三）『理蕃の友』昭和九（一九三四）・一
（9）注（8）と同じ
（10）伊藤潔『台湾』岩波新書
（11）江口良三郎「蕃人の接遇と民蕃接触取締方」『台湾警察協会雑誌』大正一四（一九二五）・六
（12）たとえば、小熊秀次は領有当初の台湾統治について、「それは同化政策による系統的な文化侵略といったものではなく、たんなる無秩序な暴力でしかなかった」と指摘している（『〈日本人の境界〉』新曜社　平成一〇（一九九八）・七）。この言葉を字義通り受けとめれば、「同化政策」

の方が植民地統治としては、高く評価できる、少なくとも、まだましであると論じていること
になる。小熊の意図は不明だが、武力によって抵抗を鎮圧するにとどまらず、固有の文化まで
根こそぎにする同化政策の方が、統治のありようとしては、深刻な傷を残すことは自明である。

(13) 無署名「本島理蕃警察の過去、現在、未来」『台湾警察時報』昭和一二（一九三七）・一
(14) 『台湾経済雑誌』第一七号
(15) 『蕃情研究会誌』明治三二（一八九九）
(16) 臨時台湾旧慣調査会　大正六（一九一七）
(17) 「陋習何故に改むべきか」『理蕃の友』昭和七（一九三二）・一〇
(18) 『蕃情研究会誌』明治三二（一八九九）
(19) 鈴木英夫「理蕃の話」『台湾愛国婦人会報』昭和一一（一九三六）・八
(20) 警察局理蕃課「時局下の高砂族」『部報』昭和一二（一九三七）・一一
(21) 「蕃人の精神生活の特徴」（一）『理蕃の友』昭和八（一九三三）・一一
(22) 「愚者の死」『スバル』明治四四（一九一一）・三
(23) 姚巧梅「佐藤春夫の台湾物『女誡扇綺譚』を読む」『日本台湾学会報』平成一三（二〇〇一）・五
(24) 石崎等「〈ILHA FORMASA〉の誘惑―佐藤春夫と台湾」（Ⅱ）『立教大学日本文学』平成一五（二〇〇三）・七
(25) 『実業』大正一四（一九二五）・七

（26）『蕃界』大正二（一九一三）・五
（27）注（22）と同じ
（28）『新潮』昭和三六（一九六一）・一〇
（29）『探求Ⅱ』講談社　平成元（一九八九）・六

第四章　「蕃人」幻想の起源

——佐藤春夫と台湾原住民（二）

はじめに

前章でも言及したが佐藤春夫の台湾体験が充実したものになったのは、森丑之助に依るところが大きかった。春夫は大正九（一九二〇）年九月には、台中方面の旅に出かけているが、この旅行の便宜を図ったのも森丑之助だった。当初は、丑之助が春夫のために計画したスケジュールどおりに周遊する予定であったが、思わぬ事態が起こり、計画は大きく狂うことになる。不測の事態の一つは台風であり、阿里山周遊を予定していたものの、台風によって交通が完全に途絶してしまい、春夫は断念を余儀なくされている。名勝、日月潭の見学も台風による交通機関の障害から、途中の集々街で一泊することになった。そして春夫はここで「蕃人」蜂起の報に接することになる。この旅行に題材を得て執筆された『霧社』[1]冒頭には、その時の様子が、「霧社の日本人は蕃人の蜂起のために皆殺しされた—といふ噂を初めて耳にしたのは集々街に於てである。宿屋で隣室の客が話し合つてゐたのである。霧社は予の旅程から言つて両三日の後に予がそこに在るべき土地である」と記されている。

原住民による殺害事件は、日本統治下の台湾において「蕃害」と呼ばれていた。大正一一（一九二二）年一月の『内外情報』に掲載された「領台以来の蕃害総観」という記事には、明治二九（一八九六）年から大正一〇（一九二一）年までの「蕃害」による死者の総数が約六八〇〇人であったと記されている。この数は警察官や本島人（領台以前から台湾に住んでいた人たち）を含んでいる数であって、内地人の一般市民に限定すれば、三六一人であった。また、春夫が台湾を訪れた大正九（一九二〇）年の死者数は、翌大正一〇（一九二一）年二月発行の『統計週報』によれば五四名で、内地人はその内の一二名であった。

言うまでもなくこの数字はただの数ではなく、その背後には、日本人（内地人）と台湾原住民との深刻な確執や衝突の歴史が潜んでいる。そして、春夫もまた「蕃害」事件直後の現地周辺の様子や、事件をきっかけに噴出した台湾原住民に対する猜疑心や憎しみ、蔑視を目の当たりにすることになったようである。『霧社』には語り手「予」の口を通じて、この時の春夫の心象風景が事細かに書き込まれており、最終的に春夫の思考は「文明」が「野蛮」に対して抱く恐怖や敵愾心、差別観念の起源にまでおよんでいる。

「蕃害」と帝国

霧社に入ってから語り手の「予」が聞いた「蕃害」事件の真相は、警察とその家族がサラオの「蕃人」によって首を狩られたというものだった。物語では「茶店の女房」の口を通じて事件の経過が、「蕃人」たちは警察に対して「望外な要求」をし、これを署長が拒否した、次の日も同じ要求を繰り返し、署長が拒否すると、山の上から「蕃人」の群れが襲いかかってきたと説明されている。「予」は「茶房の女房」に、「蕃人」が警察に対してどのような要求をしたのかと尋ねてはみたものの、彼女もその中身は承知しておらず、「何しろ、そいつらは難題をそれと知つて持ち掛けやがつたのですよ」と答えている。この言葉をそのまま受け取るならば、「蕃人」ははじめから警察署を襲うつもりでわざと受け入れられそうもない無理難題をねじ込んだと、現地の日本人（内地人）は理解していたことになる。「蕃害」の罪は一〇〇パーセント彼らが負うべきものであり、だから、内地人との間にどのような確執があったのか詮索すること自体が意味をなさない、現地を支配するそんな空気が伝わってくるエピソードである。

春夫がさりげなく書き記しているこの挿話は、日本統治下の台湾で繰り返し発生したさまざまな「蕃害」事件と共通する内容をはらんでいる。その意味ではきわめて興味深いエピソードである。

まずは、この挿話に登場する首狩りから説明しておく。首狩りの風習は日本統治下台湾の諸メディアにおいて、しばしば取り上げられる話題だった。「高山蕃人の慣習中最も悪逆なるものは、例の首狩りと、結婚、祭事及び争論の結果仇の首級を要する習慣あり(2)」、「馘首は蕃人陋習中其の第一に挙ぐべき、公安上速に矯正を要すべきものたることは最早議論の余地が無い。また何処の蕃人でも今頃馘首の不法行為たることを弁へないものがあるまい。併しそれでも之を敢て犯すと云ふ處に怖るべきものがある。夫は迷信である(3)」などの言葉がそれである。ここからも分かるように、タイヤル族の風習であった首狩りは、日本統治下の台湾にあって、原住民を「野蛮」の側に追いやり、日本による同化政策の正当性を根拠づける最大のエポックであった。

ところで、日本統治下台湾のメディアは、多くの「蕃害」事件を報じているが、これらを閲していくと、ある共通点があることに気がつく。たとえば、『台湾警察時報』昭和八（一九三三）年八月には当時、台東庁警務課長の地位にあった浅野義雄という人物の手になる「大関山蕃害事件の完結」という記事が掲載されている。この記事によれば、事件の原因は「駐在所ヨリ貸与ヲ受ケシ修正銃ノ銃身ヲ自己所有ノ銃身ト密ニ交換シテ返納」したことが発覚し、「銃身ヲ官ニ押収セラレ、官憲ノ措置ヲ深ク怨」んだことだったと説明されている。『理蕃の友』昭和八（一九三三）年一月号に掲載されている「逢坂の蕃害事件」という記事も同様であり、事件の原因が「逢坂駐在所の水道用鉄管を」「銃身と為して銃器の密造を企てたる事件」が起き、原住民を処罰したところ、「蕃害」に及んだと記されている。これらの記事はいずれも、日本の官憲による銃の規制に「蕃害」事件の原因を見ている点で一致している。

有名な霧社事件にも同様の記録を確認することができる。霧社は台湾中央の山岳地帯に位置する小さな村であり、このあたりは樟脳の産地であったため多くの日本人が入植していた。結果、原住民との間にさまざまなトラブルを引き起こすことになり、昭和五（一九三〇）年一〇月二七日、セデッカ族の原住民約三〇〇人が、日本人学校、台湾人学校、蕃童学校の合同運動会を襲い、一三〇名あまりの日本人(内地人)が殺害された。その発生の原因として、首謀者モーナ・ルダオの妹が日本人警官に嫁ぎながら、転勤と同時に離縁されたこと、ルダオの息子が日本人警官といさかいを起こしたこと、「建築材料運搬の苦痛並に賃金支払い遅延に対する不平」[4]など、さまざまな理由が記録されているが、その中の一つに、銃器無償供与の約束が日本の官憲に反古にされ「近年に至りては弾薬の如き一発若しくは最大限二発以上貸与」されなかったことが伝えられている[5]。いずれにせよ、原住民にとって帰順とは銃器を日本官憲の管理下におくことを意味していた。そして、彼らの抵抗ないしは反乱はいつも銃器を取り戻そうとする行動となって現れることになる。

実はここに「蕃害」と首狩りとの密接な関係がある。これらの記事には、自らの武勇を誇る「野蛮」な民が武器に対して異様な執着を見せている姿が書き込まれているが、このようなイメージが、官憲による巧緻な罠か、少なくとも、「文明」というバイアスを通して語られた「野蛮」の姿であることは間違いない。しかし、今日の立場を逆照射し、ここに自由と平等を求めて立ち上がった「市民」の姿を見るとすれば、それも少し違う。『理蕃の友』昭和一三(一九三八)年二月号に掲載された「理蕃と高砂族の銃器問題」には、「由来高砂族と銃器とは離るべからざる因縁あり、かの出草(首狩)を以て自ら最高道徳(?)なりと信じ、その迷信に基づく異種族馘首の蛮風は、畢竟彼等が多数の私有銃器を持つからであった」と記されている。「蕃人」が銃を手に入れようとするのは、首狩りのためであった。逆から言えば、原住民たちが「蕃害」に及ぶのは、ほかにも多くの原因があることは間違いないとしても、少なくとも、その中の一つが、官憲が銃の規制を通じて首狩りの慣習を根絶しようとしていたことに起因していたと見られるふしがある。霧社事件についても、憶測なのか事実なのかはともかく、その背景に関する解釈の中に、銃すなわち首狩りの問題が流れ込んでいることは間違いない。さまざまな原因が語られつつも、その中の一つとして、日本統治時代に行われた原住民による首狩りの禁止、すなわち官憲による銃の管理が指摘されているわけである。

日本統治時代のはじめ頃から首狩りの習慣は、多くの人類学者によって研究調査の対象となってきた。話題の鮮烈さもあったであろうが、それ以上に台湾統治を円滑に進める必要性から首狩りに関する研究がさかんに行われるようになったようである。たとえば、明治三一（一八九八）年八月『蕃情研究会誌』に掲載された無署名「蕃族殺人の原因」には、首狩りの原因として「理非曲直を決する為」「嫌疑を氷解する為」「和約破裂の時」「勇者の表彰」「縁談を纏る為」「祭典を行う為」「悪疫を駆除する為」の七つがあげられている。また台湾における人類学研究の第一人者であった伊能嘉矩も、「アタイヤルに行はるゝ頭顱狩の風習及其由来」において、

「祖先を祭るの犠牲」「荘丁の列に入るの資格」「男女相撰ぶの性情に適応する」「声誉を得るの素因」「酋長たる資格」「疫病の穰除」「冤罪を雪ぐの用件」の七つをあげている(6)。二つの論考が挙げる首狩りの目的は少し異なるが、いずれにせよ原住民の風習、因襲に根ざしたかたちで、「文化」的な動機をもって首狩りが行われていたことは間違いない。

これを踏まえるならば、「蕃害」事件のいくつかが銃器をめぐるトラブルというかたちをとっていた理由が分かってくる。銃器は首狩りを行うためになくてはならないものであり、これを官憲の管理にゆだねることは、「蕃人」にとって古来からのさまざまな風習や伝統の喪失を意味していた。首狩りができなければ、「蕃人」は、結婚も疫病の治療も厄払いも祖先を拝むことも祭りもできなくなる。「蕃人」を「迷信」から救済して「文明」に参加させ、帝国の臣民として教化していくことを目指す帝国の論理から見れば、首狩りは「野蛮」な「迷信」であって、だからこそ官憲の力を持って銃の規制を行なったわけだが、原住民の側から見れば、それは彼らの生活そのもの、文化そのものの喪失を意味したわけである。実際、霧社事件の際、蜂起に参加しなかった原住民(「味方蕃」)は、「敵蕃」に対する首狩りが解禁されたことで、積極的に日本の官憲に協力することになる。霧社事件に参加した「敵蕃」は、降伏の後、警察の黙認のもとで多くが、男と女、大人と子どもを問わず「味方蕃」により首を狩られている(第二次霧社事件)。民族自決や植民地支配への抵抗などというイデオロギー的な解釈では捉えきれない事件の姿がここには垣間見られる。

先ほど言及したように、『霧社』には語り手の「予」が「茶房の女房」に、「蕃人」が警察に何を要求して断られたのかと尋ねるエピソードが挿入されていた。しかし、彼女もよく分かっていなかったわけだが、これまでの考察を踏まえれば、彼が知りたいと思ったその「難問」の内容がおぼろげながら見えてくる。おそらく「蕃人」たちは日本の官憲に、銃を渡すよう要求している。「蕃害」事件が同化政策や武力鎮圧、さまざまな搾取によって平穏な生活を奪われていた原住民たちの抵抗運動であったことは間違いないが、当時の記録を見るかぎり、彼らが守ろうとした生活の一つ、重要な風習の一つが首狩りだったわけであり、だからこそ、多くの「蕃害」事件が銃をめぐるトラブルに起因していたのだ。

また『霧社』には「警察の人々とその家族、悉く首をとられた。気の毒なのは署長のおかみさんだ。憎い蕃人どもはその腹を割いて子供まで引き出した。おかみさんは懐妊してゐたのだ。八ヶ月の胎児である。最も惨いのはその胎児の首さへ捲いで行つた」というエピソードも語られている。真偽のほどは確認できないが、たとえ「文明人」にとってどれほど野蛮に見えたとしても、これもまた「蕃人」が守ろうとした「固有の文化」だったことは間違いない。

作品末尾近くには佐藤春夫に台中方面の旅行を薦め、便宜を図った森丑之助が「M氏」の名前で登場している。旅行から帰った春夫はしばらくの間、丑之助の家に逗留しており、その際に交わした「蕃害」事件に関する会話がここで紹介されている。

この会話の中で「M氏」、すなわち森丑之助は、事件の原因は「十年の昔、佐久間総督が軍隊をして全島の蕃地を縦断的に強行軍を試みさせた時」にあったと語っている。「佐久間閣下は理蕃に就て極力高圧的手段を惜まなかつたが」、「M氏」はその頃から総督府のやり方は間違っているのではないかと疑っており、語り手の「予」によれば、サラマオの「蕃害」事件についても、丑之助は予測していたという。

丑之助がここで語っている「佐久間総督」の「強行軍」について説明しておく。後藤新平の後を継いで明治三九（一九〇六）年四月に着任した第五代台湾総督、佐久間左馬太は八月、警察練習所生徒に対して「諸子ノ中ニハ蕃界勤務ニ服スル者モアルベシ蕃人制御ノコト素ヨリ容易ナラズ諸子は須ラク十二分ノ注意ヲ以テ蕃害ノ絶滅ヲ計ルベシ」と講演している。佐久間の方針は警察、軍隊による「蕃害」事件の押さえ込み、すなわち武力による原住民の鎮圧であった。このような方針が立てられる背景には、「製脳、造林、採鉱等の利益開発事業の進展」にともない「蕃害」事件が頻発するようになり、結果、開発が思い通り進まなくなってしまったという、事情があった。植民地経営を拡大していく上で、原住民の存在が障害と目されるようになっていったわけである。[7] 結果、明治四三（一九一〇）年から五年間にわたって各地で原住民鎮圧が行われることになった。その目的は「蕃人が自ら恃む凶行の具たる銃器弾薬を押収して其の禍根を断」つところにあったが、「凶暴度すべからざる不逞の徒に対しては飽くまで膺懲を加へ、帰順せしめるに至つた」という。この作品の舞台となっている霧社方面については、掃討の際に「彼等が長年の間に得た髑髏一千十五を埋め、首棚を毀損し、首狩の陋習を改めることを誓はし投降帰順せしめた」という記録が残っている。[8] やはりキーワードになってくるのは首狩りと銃である。「サラマオ蕃」鎮圧に際しては、原住民の「野蛮」性のシンボル、「首狩り」の習慣をやめさせることが「蕃害」を押さえ込むことであると考えられていた。約一〇年前のこの事件が、佐藤春夫が直面することになったサラマオの「蕃害」事件を引き起こすきっかけになったと、『霧社』の中で「M氏」すなわち森丑之助は指摘しているわけである。

さらに「M氏」は『霧社』で、国という概念も国民という概念も持たない彼らを帝国の臣民として組み入れようとすれば、さまざまな軋轢が生じるのは当たり前である、「蕃人の習慣などといふものは一切無視せられてゐるが為めに、それが原因をなして屢々彼等を怒らせたり、或は予知せらるべき事変をも気づかない事もある」とも語っている。「M氏」はいわゆる同化政策をここで正面から否定している。部族として生きる彼らの生存様式を国民あるいは臣民として再構築できるはずがなく、無理に強行すれば激しい抵抗を招くだけであって、彼等の習慣を習慣としてそのままに受け入れる以外に方法はないというのが、「M氏」の考え方であった。

ところで、「M氏」のモデル、森丑之助が、頻発する「蕃害」事件の解決法を提案している文章として、「台湾の生蕃問題」(9)がある。丑之助によれば、そもそも日本人は異民族同化の経験がないため、相手の立場を考慮することなく、「自分勝手で我が儘の癖がある」。「生蕃問題」にしてもこのような日本人の「自己独断」の癖に起因する。いつも真相を確かめようともせずに「彼奴は頑迷不霊である、優柔で我慢がない生意気だ」と一方的に決めつけ、両者の立場を冷静に公平に考えず、一方的にこちらの立場を押しつけようとするから、さまざまな「生蕃問題」が生じるというのが丑之助の主張であった。独善を捨てて相手の立場に立って考えなければ、「生蕃問題」の解決策は見当たらないと、官憲による一方的な同化政策を否定している点では、『霧社』に登場する「M氏」の立場とほぼ一致している。

また、最終的に丑之助は「台湾の生蕃問題」で、「生蕃問題」は「蕃人にしても吾々同胞にしても生存―生活―を考慮した現実の人生」の問題であることを出発点として、「蕃人の生活に就いて其生存と安寧を保証」し、それを通じて「相互に民族理解と同情両者の隔意なき意志の疎通に依る感情の融和」を実現する以外に方法はないと提唱している。

ところで、この言葉をそのままに受け止めれば、首狩りもまた「文明」や「福祉」の立場から官憲の威力をもって禁止すべきものではなく、固有の風習として尊重しなければならないことになってくるわけだが、ここのところについては丑之助ははっきりとは明言していない。ただ丑之助は「台湾蕃族に就いて」[10]で「首狩りといふ習慣、元々有る習慣でありませうが、それを一層今のやうに盛なるに至らしめたといふことは」「企業家が競争して夫々山地に這入り「蕃人が大等の銃器を得た」結果だと語っている。丑之助に言わせれば、首狩りは台湾の山中に利益を求めて進出してきた「文明」に起因する悪弊であった。彼らが体現する精神的、道義的純粋性、崇高性に瑕瑾があるとするならば、その原因は「文明」の側にあるというのが丑之助の考え方であったわけである。あくまで、彼にとって「蕃人は純真で温良なる民族であった」のである。[11]

このような丑之助の立場と官憲すなわち総督府の立場が対立していたことは、『霧社』に書き込まれている次の挿話からもうかがい知ることができる。

日月潭、霧社の見学を終えてふたたび台中に戻ってきた「予」は「州知事官邸」でのパーティーに招かれるのだが、その席で知事と会話を交わした様子が次のように語られている。

さて予（筆者注、春夫の分身である主人公を指す）を注視して言つたのに、内地からの旅行者はややもすると蕃山のほんの一瞥によつて、蕃人を詩的な愛すべきものゝやうに感ずるかも知れないけれども、統治者にとつて彼等のごとく手の焼ける代物はない、云々。予はもとよりその言葉に対して答へる資格がないのを感じたから、唯、その人の放胆で洒脱な響ある哄笑には無意味で貧弱な微笑をもつて答へるより外に方法がなかつた。

ここで語られる「蕃人を詩的な愛すべき」ものと見なす立場が、森丑之助の主張と連なるものであることは間違いない。それに対して、「州知事」にとって「蕃人」は「手の焼ける代物」に過ぎず、経済上の障害として殲滅すべき対象にすぎなかった。

それにしても、興味深いのは「州知事」の言葉に対する「予」の態度である。「州知事」の「言葉に対して答へる資格がない」自分は無意味な微笑を浮かべたと作品には記されている。なぜ彼は「州知事」の言葉に答えることができないのか、ここにははっきりとは記されていない。たとえば、森丑之助のように「蕃人」の文化的、精神的崇高性を信じる立場から、反論するなり、それが無理でも不快な表情を浮かべることはできる。せめて表面は笑顔をつくろいながら、心の中で不満を抱くぐらいはできるはずだ。

時期はやや下るが野上弥生子は台湾原住民をはじめて見たときの印象を、「原始的な、而も整つた、印象的な、良く云へば芸術的な、その顔、かたちを見た時、彼等が昔ながらの生活を何の不平もなく何のわだかまりもなく営みつゝあるのを見た時、私は非常に美しい感にうたれたのであり、涙ぐましくさへなりました」と語っている。[12]このあたりは柳田國男の山人論にも当てはまる話であろうが、未開の民に対してロマンティックな詩的幻想やプリミーティヴな美を感じるというのは、丑之助に限った話ではなかった。同様の内容は多くの文人、文学者が書き残している。にもかかわらず語り手の「予」は、「州知事」に賛同しなかったことは当然のこととして、その言葉に不満を感じることもなかった。このような一見、不可解にも見える「彼」の「蕃害」問題に対する姿勢を私たちはどのように理解すればいいのか、最後にこの問題について考えていきたい。

妄想の生まれる場所

この物語に登場する「予」は、日本人、正確には内地人の社会に対して距離を置こうとしている点で一貫している。「蕃害」をきっかけにして噴出した、現地日本人の台湾原住民への激しい怒りに対しても、いつも遠巻きに眺めている。

たとえば、物語の冒頭近くに描かれている「茶店の女房」との会話を見てみよう。「蕃人」に「皆殺し」にされたと興奮気味に話す女房の言葉に対して、彼は「残らず殺されながら、どうして事情がわかつたらう」、「一人でも生き残つた者があれば皆殺しではない」と疑問を抱いている。また、「日本人は皆殺」という女房の言葉に対しても、台湾が日本統治下にある以上は原住民も日本人であり、したがって、正確には「内地人が皆殺し」と言わなければならないと疑問を抱いている。彼は決して、「蕃害」事件そのものに対する怒りを共有することはない。事件そのものとはまったく別の次元、女房の説明の論理的矛盾やら言葉遣いの誤用に対して彼は疑念を抱いている。「蕃害」をきっかけにして「気分」に支配されるようになった日本人社会に対して語り手の「予」は理知や懐疑などの合理的精神をもって向かっていると言ってもよい。「散文精神の発生」というエッセイで春夫は「詩的精神の伝統は秩序ある均衡、統一、調和だ」、「詩の宗教的なのに比べてこれ（筆者注、「散文精神」を指す）はまた、科学的で、懐疑的で、より多く悪魔に近いかも知れない」と語っている。[13]これを踏まえるならば、語り手の「予」は「散文精神」をもって「茶店の女房」の言葉を受け止めていると言ってもよい。

ところが、彼の「散文精神」も、「蕃人」と接触するようになると、ゆらぎが生じはじめることになる。霧社の宿屋で春夫は「オハナチヤン」と呼ばれる「蕃人」の女中に出会う。本当の名前を聞いてみると、「蕃人（と彼女は自らさう呼ぶ）ノ名カ。蕃人ノ名ムツカシイヨ」とだけ答える。次に年齢を尋ねてみると「蕃人年ナイヨ」という返事が返ってくる。このようなやりとりの中で彼はやがて「蕃人」の娘に対して親愛の情を感じ始めることになる。その心情を彼は「予の愛犬に対して抱くものに類似してゐた」と説明している。原始的で純朴なもの、近代人特有の「内面」や「自我」が見当たらないものに対する好感や安堵感を「蕃人」の娘に感じたのだろう。

そして娘に「ワタシウチキテミナイカ」と誘われ、興味を感じた「予」は彼女の家を訪れることになる。そして彼女の父親が日本人であったことを知った彼は「予は、かの少女がそれほどの好意を内地人たる予に寄せるといふ事は、かの少女も亦半分は内地人の血を享けてゐるからではないだらうか」と考えはじめる。日本人の血が半分は流れているという同じ民族としての同胞意識から彼女は自分に対する親近感を抱くようになり、自分の家に招待したのではないかと空想しはじめたわけである。ここには理知的、懐疑的な「散文精神」は見当たらない。『芸術家の喜び』で春夫はニーチェイズムの影響の下、「習俗の人をして、習俗的価値以外に人生の内には別個の価値あるものがあることを悟らせようではないか」と語っている[14]が、娘に好意を抱く語り手の「予」は明らかに、民族観念という「習俗的価値」にとらわれている。同じ民族としての同胞意識と娘に対する好意が融合する形で、彼はロマンティックな幻想を抱いている。

ところが、「蕃人」の娘の家に入ったとたん、今度はまったく正反対のイメージを彼女に対して彼は抱きはじめることになる。彼女の家は真っ暗で、中に入ったとたん、娘は扉を閉めてしまう。

予は全く理由のはつきりしない恐怖に打たれた。しかもそれが刻々に激しくなつて来た。（中略）予をこれほど恐怖せしめたものはこのえたいの知れない少女の身辺と、それにこの家そのものの陰気な空気とにあつた。予は今こんな門近くにゐるが、奥には何者がゐるかも知れないのだ。

さらには彼は「理性はそれを否定するが、どうもそんな気持さへしないではない」と語る。真っ暗で陰気な家に閉じ込められた彼は、恐怖の感情に支配されてしまい、およそロマンティックとは言えないような空想を今度は抱きはじめることになる。その空想とは、彼のことを軍人と思っている彼女が日本軍の動向を聞き出して、母親を通じて「暴動蕃人に伝へるのではないだらうか」というものであった。娘に対するロマンティックな空想が恐怖によって打ち砕かれ、今度はその恐怖心に引きずられる形で、彼女の像を「蕃害」事件とのかかわりから紡ぎ出そうとしはじめるわけである。ここでの「予」の姿は、怒りのあまり「日本人が皆殺しになった」と信じ込んだ日本人たちの姿と大差はない。「気分」に引きずられる形で事実を置き去りにした妄想を紡ぎ出してしまっている点では同じである。

そして、次に彼は、「それはあまり小説的だ」と自分の空想を打ち消して、今度は別の空想を抱きはじめる。この少女が娼婦のふりをして、別の「蕃人」の美人局と謀って、自分を役所に突きだすと脅して金を奪い取ろうとするのではないかと、空想しはじめるのである。この空想は「妄想のうちでは最もあり得る事のやうな気がした」ようで、妄想は妄想を呼び、家の外では自分が逃げ出さないように「子守歌をうたひながら母親が番をして」おり、その子守唄をつかって、「この少女に彼女がなすべき方法を指図してゐる」のかもしれないと、さらに空想をめぐらすことになる。これもまたきわめて陳腐な空想なのだが、彼自身はこの段階ではもはや現実と妄想の区別がつかなくなっている。

最終的には、「彼女が単なる売笑婦の少女」だと分かって、彼は五〇銭を渡して扉を開けさせ、その場を立ち去ることになるのだが、それにしても物語の中心を形成するこのエピソードには、「蕃人」と接触した語り手「予」の心象風景が、きわめてリアルに詳細に描き込まれている。最初は娘の純朴な耳ざわりのする言葉に、近代人特有の自我や内面の不在を感じ取り好感を抱いていた。しかし、この時点ですでに彼は決定的な錯誤を犯している。「文明」に飽いたものが抱く外部への憧憬を娘の姿に投影してしまうような認識論的転倒がここには潜在している。さらに、父親が日本人であったことを知った彼は、今度は民族的同胞意識という（本来ならば、「文明」と共犯関係にあるはずの）「習慣的価値」に寄り添う形で、娘への好意を補強することになる。結末から逆照射してみれば、いずれも彼が抱いた独りよがりな妄想に過ぎない。

現実に根を持たない点では、「茶店の女房」の言葉や「蕃害」に憤慨する日本人社会の姿とたいして変わらない。だからこそ、彼の信じた娘の像は、その内面が恐怖に支配されてしまったとき、「蕃害」を企てる「蕃人」たちと内通していたり、美人局といっしょに金を奪いとろうとしていたりと、まったく逆の像を結ぶことになる。そして、彼女がただの「売笑婦」であったことが明かされた時点で、これまで彼が娘に対して抱いたイメージがすべてただの幻想であったことが判明することになる。

ここまでくれば、パーティーの席で彼が州知事の言葉に対して答える資格がないと感じていた理由も分かってくる。すでに彼は、霧社での体験を通じて、「蕃人」を「詩的な愛すべきもの」としてステロタイプ化することの愚を体験済みなのだ。かといって、「州知事」のように「蕃人」を「手の焼ける代物」と断じてしまう独善にも同調することはできない。どちらの立場にも懐疑的な彼の姿勢が「無意味で貧弱な微笑」となって現れているわけである。

憧憬と差別

ところで、先ほど言及した「散文精神の発生」で春夫は、「散文的精神とは、詩的精神とは全く反対のものである。無秩序、無統一、無調和、即ち混沌そのものである」とも語っている。(15)この言葉に引きつけて言えば、春夫がこの作品で示唆している、ありうべき「蕃人」理解のかたちとは、彼らを「混沌」として受けとめる態度であったと言えよう。「文明」人に共有されるような内面や自我は持たないかもしれないが、だからといって、彼らの姿を精神的な素朴さや純粋性を持った存在として了解することもできない。「蕃人」はわれわれから見て、純朴とは言いがたい、さまざまな断面をも同時に合わせ持つ「無秩序」としてある。一つの像なり言葉なりに押し込めることを拒む、理解不可能な何かとして彼らは存在している。何らかの「意味」に回収することを断念し、「非意味」の領域にあるような、名づけえぬものとして、「蕃人」を受けとめることを、春夫は正解としているのだ。結局のところ、「蕃人」の理解とは、「散文精神」をもって「混沌」として他者を理解するという普遍的な人間理解の一変調としてあるほかない。

ここに、「蕃人は純真で温良なる民族であった」[16]と唱えた森丑之助との決定的なちがいがある。「蕃人」に精神的な崇高性や純粋性を見たとしても、それを裏切る現実、たとえば、「蕃害」や首狩りの風習に直面した時、そのイメージはほころびを見せはじめる。丑之助は首狩りの原因を「文明」の側に求めることで「温良なる民族」というイメージを守ろうとしたが、丑之助自身はともかく第三者にとっては、その説明を素直に受け止めることは難しい。かりに首狩りの原因が「文明」の側にあったとしても、それは学問的、歴史的領域に属する事柄であり、日の前で繰り返される「蕃害」事件に対しては無力であるほかないからだ（実際、丑之助は「蕃人」

の楽園を作ろうと企てながら、最終的には失意の中で自殺することになる)。当初、人びとが抱いていた「蕃人」に寄せる期待や好意は、最終的には恐怖や怒りへと転じてしまい、今度は、野蛮で残虐な未開の民という逆の像を紡ぎ出してしまうことになる。その先にあるのは「文明」の名の下に行われる同化政策や聖戦化された武力鎮圧である。

彼らに好感を抱く独善は、彼らを蔑視する独善と、結局は同じ穴のむじなである。「蕃人」の娘に好感を抱きながら、次の瞬間には真逆の像を結んでしまった語り手「予」の心象風景は、日本統治下の台湾社会に偏在する「蕃人」幻想をめぐる錯誤を、縮図的に表現したものでもあったと言ってよいだろう。

注

(1)『改造』大正一四(一九二五)・三
(2)鯉登行文「高地蕃と平地蕃」『蕃情研究会誌』第二号　明治三三(一九〇〇)
(3)瀬野尾寧「陋習何故に改むべきか」『理蕃の友』昭和七(一九三二)・一〇
(4)「霧社事件の顛末」台湾総督府　昭和五(一九三〇)引用はみすず書房『現代史資料』二二
(5)「反抗蕃社の件」石塚英蔵秘書官山本光雄保管文書　昭和五(一九三〇)引用はみすず書房『現代史資料』二二

（6）『蕃情研究会誌』明治三三・二
（7）無署名「本島理蕃警察の過去、現在、未来」『台湾警察時報』昭和一二（一九三七）・一
（8）注（7）と同じ
（9）『実業之台湾』大正一三（一九二四）・一二
（10）『台湾教育』一三八　大正二（一九一三）
（11）「台日社説の蕃人」『実業之台湾』大正一四（一九二五）・七
（12）蓮池親子「野上弥生子氏は台湾を斯う見た」『台湾婦人界』昭和一〇（一九三五）・一一
（13）『新潮』大正一三（一九二四）・一一
（14）金星堂　大正一一（一九二二）・三
（15）注（14）と同じ
（16）注（11）と同じ

第五章　都市漂流民のナショナリズム

——林芙美子と日支事変

はじめに

内閣情報部は昭和一三（一九三八）年八月、日支事変を終結に向かわせるために計画された漢口攻略戦を実施するにあたって、いわゆる「ペン部隊」を組織した。人選に当たって中心的な役割を果たしたのは、当時、文芸家協会会長の地位にあった菊池寛だった。陸軍班に参加したのが久米正雄、尾崎士郎、丹羽文雄、片岡鐵兵、林芙美子など、海軍班に参加したのが菊池寛、小松政二郎、佐藤春夫、吉川英治、吉屋信子などであった。林芙美子の『戦線』[1]、『北岸部隊』[2]は、その時の従軍記である。

タイトルにもなっている「北岸部隊」とは、揚子江北岸を進軍し漢口を目指した熊本の第六師団を指している。『北岸部隊』一〇月四日の記事で芙美子は、「新聞では〇〇〇としか書けないのださうだけれども、此部隊を新聞では揚子江北岸部隊と書いてゐる」と記している。正式な名称を記すと軍機に抵触するので、検閲を通過しているはずの部隊の俗称で、芙美子も呼ぶことにしたわけである。また、一〇月一七日の記事には「I部隊長の従卒の方が、林女史と共に茶など淹れて食べられたし、とある部隊長の手紙を持つて羊羹を一本とゞけて下さつた」と記され、翌一八日には「〇〇本部」を訪れ、「I部隊長」となごやかに会話を交わした様子が記されている。この「I」とは、おそらく師団長であった稲葉四郎を指している。陸軍中将の付け届けとして羊羹が贈られ、翌日に出発を控えた慌ただしい師団本部にも自由に出入りできたというのだから、芙美子に対する軍の配慮が想像できるエピソードである。

さて、これら二つの従軍記を考えていくにあたって、まず最初に、芙美子の行程と第六師団が漢口に向かって進軍していく行程をつき合わせることで、芙美子が漢口攻略戦のどの場面にどのようなタイミングで遭遇していたか、時系列上の事実関係を整理しておきたい。実際、試してみるといくつかの興味深い事実が浮かび上がってくる。

まずは第六師団の行程から確認してみよう。昭和一三（一九三八）年八月二日、第六師団は黄梅の攻略に成功する。以後、黄梅から漢口に至るまでに、広済・西河駅・蘄水・上巴河・新洲・黄陂の各町を占領していくことになる。広済を攻略したのが九月六日。一〇月一八日に西河駅、二一日に蘄水、二二日に上巴河・二三日に新洲、二四日に黄陂と、国民党軍との戦闘を繰り返しながら進軍を続け（ちなみに、第六師団の先頭部隊を指揮していたのは、太平洋戦争末期、沖縄戦を指揮し、自死することになる牛島満）、漢口に達したのが一〇月二六日である。漢口攻略戦には他にも多くの師団が参加しているが、最初に漢口に達したのがこの第六師団だった。

従軍作家の中で芙美子は漢口一番乗りを果たすが、それも、「自分の故郷の兵隊につきたいと思った」芙美子が従軍した部隊が、たまたま、結果的に漢口まで最初に達することになる熊本の第六師団だったことによる。芙美子自身、漢口一番乗りについて、「私の予測しなかった幸福な運命」だったと『北岸部隊』のあとがきで記している。
　さて、その芙美子の行程だが、彼女が東京を出発したのが九月一一日。九月一七日に上海から海軍機で南京に入り、広済で第六師団に合流するのが一〇月一七日である。そして、芙美子も一九日には西河駅に入り、以後、二一日に蕲水、二三日に上巴河、二三日に新洲へと移動し、漢口に入ったのが一〇月二七日である。第六師団の先頭を行く部隊が町を占領した当日、おそくとも、その翌日には芙美子もまた戦場に足を踏み入れていたことが分かる。
一〇月二一日の記事には次のようなエピソードが紹介されている。

　私は奥の方へ御不浄をみつけに這入つて行つたが、棉の籠の積んである暗い部屋から、銃を持つた支那兵が五人ばかりぞろぞろと私の前へ出て来た。すぐ後から、薪探しに来た連絡員も一寸吃驚してゐる。支那兵の顔や手足は崩れたやうに黒い血だらけになり、私達にぺこぺこ頭をさげて来た。

　銃を持っていたというのだから、「御不浄」を探している内に芙美子が出会った「支那兵」は、もちろん捕虜ではない。逃げ遅れて日本軍の中に取り残されることになってしまった国民党軍の兵士である。この出来事に芙美子は、蕲水から五キロばかり漢口に向かって西進したあたりで遭遇している。先頭を行く牛島支隊が通過してから、おそらくまだ半日も経っていない。芙美子は後方の安全な場所から戦争を眺めているのではなく、危険を顧みず（「御不浄」を探しに行ったまま、芙美子が死んでしまったとしても、おかしくない）、あたりに国民党軍の兵士がまだ残っていても不思議ではない時間と場所に身を置き、戦争の現実を伝えようとしている。「私がどんな風になつても、おそらく母だけは泣いてくれるだらう」（『北岸部隊』一〇月八日）、「このまゝ、日本へ帰れなくなるかも知れない」（同一〇月二四日）、「『林さん、もしもの事があつたらどうします』『その時は殺して行つて下さい』私の顔の皮膚が一瞬しびれてゐる」（同一〇月二二日）、「何故、あの広い戦場で自分は死なゝかつたのだらう」（同一〇月二七日）などなど、芙美子が死を予感していたことを示す言葉が、『北岸部隊』にはしばしば登場する。これはけっして大げさな表現ではない。

〈兵隊賛美〉という問題

さて、『北岸部隊』や『戦線』を一読してみて気がつくのは、戦争に参加する無名の兵士を賛美する言葉が作品中、無数にちりばめられていることである。「痩せてはゐるが、岩のやうな精神力で歩いてゐるこの雄々しい兵士の表情を、私は尊く美しいものにおもつた」（『北岸部隊』九月二二日）、「私は戦争の崇高な美しさにうたれた」、「どの兵隊の顔も光輝ある故郷を持つ落ちつきが、若い眉宇にたゞようてゐる」（一〇月二一日）、「さんらんとした兵士の死の純粋さが、私の瞼に涙となつてつきあげてくる」（一〇月二二日）などの言葉がそれである。

あるいは一〇月二三日の記事には日本軍兵士の美談が紹介されている。道沿いの農家の軒下に若い母親が死んでいる。そのとなりで三歳くらいの子供が泣き疲れ、兵士の行軍をぼんやり見ている。日本軍兵士は「軍隊が去つてしまへばあの子は飢えてしまふ…」と心配し、一人の兵士がキャラメルを渡しにいったというエピソードである。

戦場のさまざまな感動的で美しい光景を眼にした（と述べる）芙美子は、できればこの光景を兵士の子供たちに見せてやりたいと語り（一〇月二四日）、ともに食事をしては「どの兵隊もキリストのやうに髭をはやしてゐる」と記し（一〇月二六日）、漢口占領の時は兵隊に手を振りながら涙を浮かべ「素直に流せる流《ママ》をうれしい」と感じる。『北岸部隊』は全編、漢口攻略戦に参加した無名の日本軍兵士たちに対する賛美の言葉で埋め尽くされている。

もう一つの従軍記、『戦線』も同じである。たとえば、その十一信には「切ないほど美しい場面」として、日本軍兵士が国民党軍兵士を斬殺する挿話が紹介されている。「いつそ火焙りにしてやりたいくらゐだ」と興奮する一兵士に向かって、別の日本軍兵士が「日本男子らしく一刀のもとに切り捨てろ、それでなかったら銃殺だ」と諭し、結局、捕虜の国民党軍兵士は「一刀のもとに、何の苦悶もなくさつと逝つて」しまう。もちろん芙美子はこのエピソードを、捕虜虐殺を非難するために紹介しているのではない。「こんなことは少しも残虐なことだとは思ひません」と言い切る芙美子にとって、この出来事は、兵隊同士の深い絆のなせる業であり、むしろ純粋な兵士の心情と「ヒューマニズム」を伝えるエピソードなのである。「世界いづれの戦史をくりひろげても、こんな場面は度々あること」であり、さらに「内容空疎な日支親善はまつぴらごめんだ」と、ここで芙美子は語っている。

このような兵隊賛美一辺倒の芙美子の姿勢をどう理解すればいいのだろうか。アジア太平洋戦争中のイメージをこの時期に投影してしまうと、『北岸部隊』や『戦線』もただの戦争協力の文学ように映ってしまうが、実は日支事変の段階においては、日本兵の大陸での行動に疑問を呈する発言は意外に多い。昭和一三（一九三八）年三月『中央公論』に発表された石川達三の『生きている兵隊』が即日発禁になったのは、よく知られた話である。また、芙美子と同じように漢口攻略戦に従軍した瀧井孝作は『戦場風景』[3]で、「久米氏（筆者注、同じくペン部隊に参加していた久米正雄を指す）は一昨日も昨日も昨日もわりに無口で、戦争はやはりキライらしかった」と記している。また、ペン部隊を案内する将校が「前に南京陥落の時には兵隊が乱暴した、あれにはこりごりしていますから」と話していたことも、瀧井は書き留めている。ペン部隊に参加したからといって、戦場の風景を目の当たりにする作家たちが、かならずしも芙美子のように全員が全員、日本軍賛美、兵隊賛美に傾斜していたわけではなかった。

また当時、戦記文学の代表選手だった火野葦平は、広東の南支那派遣軍報道部が発行したパンフレットに、「戦友に愬う」という一文を寄せている。ここで火野は、自分は一兵士として戦争に参加した経歴を持つ、だからこそ、兵士を愛するとともに杞憂する、「戦場にあっては、兵隊の名を辱しむる兵隊が若干ある」とまず訴える。火野に言わせれば、平和の時には一市井人であった者が、戦争が始まるや軍隊に入隊してくるわけだから、軍隊にはさまざまな性格をもった人間に満ちている。だから、「直ちに人格的で模範的であるはずがない。美しい軍隊であるはずがない」（このあたりの認識が芙美子と反対である）、しかし戦勝者あるいは征服者として、粗暴な振る舞いをするのは慎むべきであり、「残留している支那民衆に対して、幾分不遜と思える態度を持って臨む兵隊を時々見る」、兵士の一人一人が日本であり歴史であるということを自覚しなければならない。(4) これが火野の発言の趣旨である。派遣軍の報道部がこのような火野の意見を掲載した（おそらく、軍の意向に沿う形で火野が執筆したのだろう）ということは、軍の上層部すら、中国の民衆の反感を買うような日本軍兵士の振る舞いを問題視していたことを意味する。

実際、漢口攻略戦を指揮する中支那軍司令部の名で出された命令書、「中支作命第百二十五号」を読むと、町への入城に際しては「統制ヲ加ヘ以テ軍隊ノ乱入ヲ防止スベシ」、「必要ナル兵力以外ノ進入セシメザルヲ要ス」など、軍の上層部が漢口入城にあたって、不祥事が生じないよう細心の注意を払っていたことが分かる。以下、城内の「担当区域ヲ掃討シ次テ直接警備ニ必要ナル部隊ヲ残シ爾余ハ宿営地域ニ転位」すること、「軍隊ノ宿営地域ハ成ルヘク市街内ヲ避ケ郊外」とすることが命令されている。さらに、「各種不法行為特ニ掠奪、放火、強姦等ノ絶無ヲ期スルヲ要ス」、「若夫レ前述ノ非違ヲ敢テスルモノアラハ皇軍ノ名誉ノ為寸毫ノ仮借ナク臨ムニ厳罰ヲ以テナスヘシ」、「既往ノ経験ニ徴スルニ各種非違ハ」「若干日経過シタル後ニ於テ発生ノ機会多カルヘキヲ以テ時日ノ経過ト共ニ監督ヲ緩メサルヲ要ス」と、命令書は続く(5)。ここで言う「既往ノ経験」とはタイミングから言って、明らかに漢口占領のおよそ一〇ヵ月前に行われた南京占領を指している。

分かりやすく言えば、兵隊が不祥事を起こさないよう、入城は必要最小限の人数にせよ、不祥事を未然に防ぐために兵士の宿舎は城内ではなく郊外にせよ、事件を起こした兵隊は日本の名誉を傷つけたとして厳罰に処する、南京占領の時は入城からしばらく経ってから「掠奪、放火、強姦等」の不祥事を兵隊が引き起こしているから（いわゆる南京虐殺を指す）、警戒を緩めるな、命令書はそう言っているわけである。

ここから石川達三や瀧井孝作、久米正雄、火野葦平だけでなく現地軍の司令部すら日本軍の兵士を、芙美子のように信頼していなかったことが分かる。それどころか、兵士による犯罪行為や粗暴な振る舞いから、中国の民衆の反感を買い、利権を持つ欧米列強の非難にさらされることを、中支那軍司令部は極度に恐れている。その兵隊とともに芙美子は漢口に向けて進軍しており、しかも、同じ兵隊を、芙美子は「私は尊く美しいものにおもつた」と語り、キリストにすら喩え、敵兵の斬殺さえ、同胞愛の現れとして賞賛の言葉を記しているわけである。

戦争協力について

芙美子のいささか極端とも思えるような兵隊賛美の姿勢については、彼女の愛読者でなくとも、その文学史上の高い評価を考えれば、首を傾げないではいられない。実際、芙美子と日支事変をあつかったこれまでの論考においても、彼女の戦争協力をどう理解するかが、議論の中心となってきた。

たとえば、高良留美子は、芙美子の戦争協力をはっきり認めた上で、ここに彼女の階級的上昇志向とでも言うべきものを指摘している(6)。近年発見された、パリ滞在中の芙美子の日記に登場する「個人主義とののしられても、私は、長い長《ママ》、母と二人でしいたげられて来たのだ、お母さんや！　芙美子は空をめがけて、延びてゆきます。ヒクツにならないで下さい」という昭和七（一九三二）年八月二一日の記述(7)に、高良はまず着目する。その上で、「被差別階層からの足抜けのために彼女が支払った代償」が「〈国家〉という彼女にとって未知のモンスターと手を結ぶ方向」だったというのが高良の指摘である。『放浪記(8)』を一読すれば分かるように、芙美子は知識人であると同時に、日々の糧を得るための方策を必死に考え実行するような、生活者としてのたくましさやしたたかさを合わせ持った作家だった。もしこのような生活原理にしたがって考えたとするならば、芙美子が文名をあげ、さらには生活を安定させるために、戦意高揚に突き進む時代の風潮に寄り添ったというのも、十分にありうる話である。巴里日記の一節のみを根拠するだけでは、いささか説得力に欠ける感もあるが、可能性としては否定できない。

一方、比較的、芙美子に対する同情的な立場から分析を試みているのが川本三郎である。川本は日支事変に従軍する芙美子に客観性の放棄、批判精神の欠如があったことは否定しがたいとしながらも、芙美子が兵隊を批判的に描くことができなかったのは、彼女が、『兵隊さん有難う』という」庶民の視点に立った作家だったからだと説明する。「自分の文章が、夫や父、あるいは兄弟を戦場に送り出した多くの女性たちに読まれることを意識していた芙美子」は、そうであるがゆえに兵隊賛美に向かうのであり、それは「彼女なりのモラルなのである」というのが、川本の分析である。(9)たしかに、戦場でのお父さんを子供たちに見せてあげたいと語る下りなどを読むと、川本の指摘も根拠がないとは言えないが、それにしても、銃後の人々の心情をおもんぱかった兵隊賛美という説明だけでは、説明し切れない言葉もまた、芙美子の従軍記には無数にちりばめられているのも事実である。

実は芙美子は、漢口攻略戦に従軍する約一〇ヶ月前、南京を訪れている。日本軍が南京を占領したのが、昭和一三（一九三八）年一二月一三日（入城式は一七日）、芙美子が南京に入ったのが一二月三〇日だから、占領から一七日後に芙美子は南京に入った計算になる。もちろん、参加した部隊はまだ南京市内にとどまっている（市内から撤兵するのは、一月五日である）。芙美子のエッセイ集『私の昆蟲記』には、この時の体験記が収録されているのだが、たとえば、南京市内を歩いている内に喚起された感想を、芙美子は、「わたしはつくづく批判をするよりもまづ、戦ひには勝たなければいけないと思つた。日本がもしこんなになつたらどんなだらう、考へただけで身震ひがしてならない」、「纏足してひよろひよろ歩いてゐるお婆さんを見ても、敬礼をしてゆく子供を見ても、何だかいゝきびだと云つた気持なのです。小児病的な浅ましいことかも知れないけれども、不思議に残酷な激しいびしく〳〵した気持になつてくるのです」と、書き記している。[10]すくなくとも、芙美子は南京市内を歩く間に「日本がもしこんなになつたらどんなだらう、考へただけで身震ひがしてならない」ような出来事に遭遇している。しかし、彼女は、道義的な立場から批判する、という考え方があることを承知しながら、その方向に進もうとはしない。彼女が抱いた思いとは、「戦争は勝たねばならぬ」というものであった。そのうえ、南京市内で出会った中国の民衆を見ては、「いゝきびだ」とすら呟いている。いずれも、南京市内に日本軍が駐留している最中に芙美子が抱いた感想である。『北岸部隊』一一月二二日の記述には、戦線を行く途中、芙美子が国民党軍兵士の死体が畑の中や丘の上に転々と転がっている風景を目撃するエピソードが紹介されている。担架に乗せられていった日本兵に対しては「沁み入るやうな感傷や崇拝の念」を持っていたはずなのに、国民党兵士の死体は「二つの物体」にしか見えず、「冷酷なよそよそしさ」しか感じられない。このような自分の内面風景を顧みて芙美子は、「民族意識としては、これはもう、前世から混合する事もどうも出来ない敵対なのだ」と感想を述べる。川本の言うように、かりに芙美子が、銃後の日本国民たちの心情を思いやって兵士たちを賛美しているとしても、日本の兵隊を賛美することと中国の民衆や国民党軍兵士をおとしめることとは別の次元に属する。中国の民衆に対する露骨な敵意に接したからと言って、銃後の女性や子供が安堵の胸をなで下ろすとは思えない。中国民衆や国民党兵士に関して、何も書かない自由は芙美子の手元に残っていたはずである。芙美子はその自由を行使しようとはしない。あるいは行使する必要を感じてはいなかったわけである。

二つの中国認識

ここで従軍記に現れた芙美子の対中国認識について、指摘しておきたい事実がある。先ほど確認したように、『私の昆蟲記』において芙美子は中国の民衆に対して、敵意をあらわにして隠すところはなかった。たしかにもう一方で芙美子は、「私はスターリンとか蒋介石は嫌いだけれど、露西亜や支那の民衆は大変好きです」とも記しているが、そうであったとしても、少なくとも『私の昆蟲記』における芙美子の中国民衆に対する姿勢には「ゆれ」のようなものがある、アンビバレンツなものになっていることは、間違いない。ここから『北岸部隊』に目を転じると、彼女の対中国認識が大きく様変わりしている事実に気がつく。南京の中国民衆を蔑んでいたはずの芙美子が、一〇ヶ月あまり経過した漢口攻略戦に従軍した際には、中国の民衆に対して非常に好意的な態度で接しているのだ。

今、私の手元にある『北岸部隊』初版の巻頭には、何枚かのスナップ写真が掲載されている。どの写真も従軍中の芙美子を写したものなのだが、その中に、アマと呼ばれる女性の肩に芙美子が腕を回している写真がある。芙美子は従軍直前、しばらくの間、南京を拠点にして戦場を見て回っていたのだが、アマと呼ばれる女性は、南京の宿舎で芙美子に仕えていた召使いである。

『北岸部隊』前半には、アマやその子供、さらには南京の民衆に寄せる好意の言葉が繰り返し登場している。たとえば九月一九日の記述には、アマから中国語を習う様子が記され、さらに食材を買うために南京の町に出た時の様子が、「来た日から一人で野菜市場へ買物に行った」「私は野鴨《ヤーズ》の片股を指差して、二拾銭と云つて買つた。日本の軍票で二拾銭出すと、鶏屋の親父は良い良い《ハオハオ》と云つて、にこにこ笑つて取つてくれる」と記されている。一〇月一日の記述には、戦線から戻ってきた芙美子をアマが喜んで迎えてくれる様子が、一〇月三日の記述には、アマの子供が芙美子になつき、芙美子の膝の上に乗っては中国語を教え、お風呂まで覗きにくる様子が語られている。また一〇月五日の記述には、南京の宿舎の近くで芙美子が葬式に出会った様子が記されている。門番の子供を背負ってその家の中に入ってみると、七、八歳の子供と婆さんが泣いている。その様子を見た芙美子は、「軍票の五拾銭を、泣いてゐる子供に握らせてやる」と、「お婆さんは何か早口に喋りながら」「多謝多謝《シエシエ》と云つて立ってきた」。いずれも、芙美子が一〇ヶ月前、出会ったのと同じ南京の庶民についての記述である。

戦場での芙美子の態度も同じである。漢口入城直前の一〇月二五日の記述には、芙美子が避難してきた中国人の子供を抱きかかえるエピソードが記されている。「私は一人の赤ん坊を抱いてみた。むくむくした埃臭いきものを着てゐたけれど、ぐにやぐにやしてゐて何とも云へず可愛かつた」、「私は初の赤ん坊を抱いたまゝ、中庭に出て馬や兵隊を赤ん坊にみせてやつた。赤ん坊は汚れた手を時々私の頬へ持つてきたりしてゐる」という言葉がそれである。

一〇ヶ月前、南京を訪れた芙美子は、「纏足してひよろひよろ歩いてゐるお婆さん」や「敬礼をしてゆく子供」を見て、「いゝきびだ」と書き記していた。しかし、『北岸部隊』には敵意やさげすむような態度は一切、うかがわれない。南京の庶民たちとの心の交流の風景が、微笑ましいエピソードとともに繰り返し語られている。

ただ興味深いのは、その一方で、芙美子は国民党政府に対しては、一貫して敵意をはっきりと書き記していることである。たとえば、『私の昆蟲記』には「支那はどうしてこんなに声高く『抗日』をしなければならないのか不思議です。支那婦人が必死になつて、抗日大会なんかしてゐる写真なんかみますと全く一犬虚を吠ゆればの言葉をおもひ出します」、「西洋人が来て、平気で支那人侮蔑をやつてゐることにはてんとして何も云はないのだから、抗日主義も小児病的なところが大半あるやうな気がして仕方がない」と記されている。民族自決や民族ナショナリズムを政治信条とするような、国民党政府を支持する中国国民に対する不信感、敵愾心を顕わにし、視野が狭いと責め立てる芙美子の姿がここには記されている。

そして、『北岸部隊』や『戦線』においても当然、芙美子は国民党政府に対しては敵意むきだしのままなのだが、ただ批判の矛先が国民党を支持する中国国民ではなく、国民党そのもの、蒋介石や国民党兵士に向かっている点で、『私の昆蟲記』との間に「ずれ」が生じている。『戦線』十信には、るいるいと横たわっている国民党軍兵士の死体を前に、「蒋介石はこんなに沢山の犠牲を払つても、なほかつ、超然としてゐられるのかしら?」と怒りを感じる芙美子の様子が記されている。この言葉を聞いたある記者が、「自分だけの財産と、兵隊をしつかり持つてゐる蒋介石は、こんな犠牲位は何でもないでせう」と答えたと、芙美子は書き記している。

これまでの考察を整理すると、（1）南京攻略戦時における芙美子は、国民党政府だけでなく中国の民衆に対しても敵意を抱いており、もう一方で好意的な発言を記していることを勘案しても、中国や中国民衆に対する態度に「ゆれ」を確認することができる、（2）漢口攻略戦時においては、『私の昆蟲記』に記されたような中国民衆に対する悪意ある発言は一切、姿を消し、友好的な言葉だけが繰り返し記されるようになる、（3）その一方で、蒋介石や国民党兵士に対しては敵意を露骨に示しており、芙美子の対中国認識は南京攻略戦従軍時と比べて、ダブル・スタンダード化している。このようにまとめることができるだろう。

そこで、このような芙美子の変化をどのように理解すべきかという問題が浮上してくるわけだが、芙美子自身の内面の問題はひとまず措くとして、調べていくと、漢口攻略戦直前、戦争報道に関して、政府や軍部によって明確な方針がうち立てられた事実に行き当たる。

ドイツ駐日大使トラウトマンによる和平交渉が進展を見ず、芙美子が南京から去った直後にあたる昭和一三（一九三八）年一月一六日、第一次近衛内閣は「帝国政府ハ爾後国民政府ヲ対手トセス帝国ト真ニ提携スルニ足ル新興支那政権ヲ期待シ是ト両国国交ヲ調整シテ更正新支那ノ建設ニ協力セントス」という有名な国民党政府相手にせずの政府声明を発表した。以後、陸軍の対支謀略計画はこの方針に沿ったものとなる。結果、日本の対中国プロパガンダは、蒋介石の下野と国民党の解散を促すための宣伝工作を行うことが根本方針として実施されることになった。たとえば、昭和一三（一九三八）年八月四日、中支那派遣軍司令部の名で発せられた

「伊作戦ニ伴フ宣伝工作」には、漢口の政治的軍事的価値を強調して、その陥落に関連して、蒋政権は一地方政権に転落し、今後は自滅の他、道はないことを海外に宣伝するよう指示されている。また、国内に対する宣伝としては、国民の士気を維持するために長期戦の覚悟を促すこと、戦場における日本軍兵士の労苦をなるべく詳細に伝え、国民の奮起を促すこと、国民党軍の素質低下、蒋介石政権の動揺を誇大に宣伝して国民の士気を弛緩させないよう気をつけることなどが指示されている。

また、七月二九日、中支那派遣軍の名で発せられている「謀略宣伝要項」では、冒頭においてまず、「謀略宣伝ノ目的ハ支那民衆及軍隊ノ反戦、反共、反蒋機運ヲ醞醸激化シ敵軍戦意ノ喪失ト漢口政権分裂崩潰ヲ助長セシムルニ在リ」、「本宣伝ハ漢口攻略直前其効果ヲ挙クルヲ目途トシテ実施スルモノトス」と、対中国宣伝の目的とその時期が語られる。その上で、中国民衆の窮乏状態、国民党軍による民衆被害の実態、中国民衆の反戦要求、蒋介石の赤化、「蒋一族カ国民ヲ欺瞞シ戦争遂行ノ為ト称シテ益々搾取シツツアルノ実情」、各地の反蒋機運の激化などなどを宣伝するよう指示されている。(11)

当然と言えば当然であるが、あらためて確認しておきたいのは、ペン部隊の陸軍班に属して従軍する芙美子もまた、このような方針の中にあるという事実である。細々した例証はもはや必要ないと思うが、『戦線』も『北岸部隊』も政府および陸軍の宣伝工作の方針に沿ったものになっていることは言うまでもない。それが本心なのか、何らかの理由でいやいや戦争協力の筆を執っているかは今は問わない。ここで確認したいのは、今日から見た客観的な事実性である。「長い間、困苦欠乏に耐へて来た兵士に向つては、どんなに大げさな自慢話でもかまはないと思へる」(『北岸部隊』一〇月二三日)と戦地での兵士の苦労を記し、「どんなにこの戦ひが激しく、そして長く続かうとも、一つの区切りがつくまでは、将来の見通しがつくまでは、この戦ひはやめられないものだ」(同上)という兵士の言葉を紹介し、国民の士気の弛緩をいさめ、さらには、民衆に犠牲を強いる蒋介石のイメージを書き記す芙美子の従軍記は、日本政府や陸軍の宣伝方針ときわめて近い位置にある。少なくとも、政府や軍が発信した方針なり情報なりが芙美子の従軍記にも流入している。

とするならば、南京攻略戦から漢口攻略戦までの間に芙美子の中国民衆に対する態度が変化したのも、政府の対中国政策の変更、それにともなう宣伝工作方針の策定と何らかの関わりがあったとしても、けっして不自然ではない。近衛声明が行われる前の時点において、日本政府はまだ国民党政府を相手にしている。言い換えれば、国民党政府は中国民衆の総意を代表していると見なされている。そしてこの時期に執筆された『私の昆蟲記』では、南京事件直後の中国の民衆を前にして「いゝきびだ」と呟く芙美子の様子が描かれているのだ。しかし、声明以降、日本政府は宣伝工作を通じて、中国民衆と国民党政府との分離を画策しはじめる。そして、内閣情報部によるペン部隊の結成も、芙美子の従軍もまた、そのような流れの中にある。巨視的に眺めれば、このような状況の下で、『戦線』や『北岸部隊』は成立している。この事実を踏まえるならば、これらの随筆に描かれた中国民衆との交友を温める芙美子のエピソードが、日本と中国民衆の近しさ、逆から言えば、国民党政府と中国民衆との距離感を伝えようとしているることに気づくことになるのだ。政府や軍部の宣伝工作の方針に寄り添う形で執筆されている『戦線』や『北岸部隊』の性格を考えれば、漢口攻略戦に従軍した芙美子が、中国の民衆に対してきわめて友好的な姿勢を示しているのも、このような経緯の中でもたらされた変化であった可能性は否定できない。また、たとえ本来、芙美子が庶民を愛する、庶民に密着した作家であったとしても、彼女の主観的善意を離れて客観的に見れば、『北岸部隊』で見せる芙美子の庶民志向が、政府や軍部の宣伝方針とはまったく無縁な場所に位置していると言い切ることはやはり難しい。

さらに、ここであらためて従来のアジアをめぐる言説と比較しつつ、芙美子による国民党批判を通時的にとらえなおしてみると、「アジアは一つ」という明治以来のアジア主義的発想法が、日支事変、アジア太平洋戦争の段階に入って、変質しはじめていることに気づく。「アジアは一つ」と言っても、当のアジア、つまり中国と戦争状態にあるのだから、この言葉をそのまま口にすれば、現実領域との乖離を意識せざるをえない。ここで林芙美子が語っているアジアとの連帯とは、正確には「アジアの民衆と日本は一つ」である。国家、この場合、国民党政府は、その功利的性格が強調される形で語られることで、西洋にかわって中国民衆を搾取し踏みつけにする存在として位置づけられている。「アジアは一つ」のままなのだが、国民党政府が民衆と乖離した存在として、この命題を脅かす西洋の側に連なる存在として再配置されているわけである。このような論理操作を経て帝国によるアジア侵略は、国民党政府（西洋近代）によって抑圧された民衆を解放する戦いとして、一つのアジアを実現するための聖戦として再定義されることになる。ここには中国と戦争状態にありながらもなお、アジア主義的な思考や感性との弥縫を企図する戦時下の心性、心象地理の一面を垣間見ることができる。

都市漂流民の行方

さて、ここまでは芙美子の内面に踏み込むことを避け、彼女の従軍記が置かれている政治的、歴史的状況との関わりの中でその性格を明らかにしてきたわけだが、最後に芙美子の側から、つまり作家主体の内面世界に沿った形で、再度『戦線』や『北岸部隊』について考えてみたい。

先に紹介したエピソードと内容的にやや重なるのだが、芙美子の内面のドラマという視点から『北岸部隊』を読んでみた場合、第三者として批評的に日本の兵士を賛美するのではなく、芙美子自身の実体験として、兵士たちのやさしい人柄に触れたエピソードが繰り返し挿入されている事実に気がつく。兵隊たちが芙美子に思いやりをもって接するたびに、彼女は、その倫理的で無欲な人柄に感銘を覚え、感謝の言葉を書き記している。たとえば、「顔馴染になつた兵隊さんが、『林さん、たまには休んでいらつしやい、御飯を焚くのだつたら焚いてあげますよ』と、馬の腹の下からのぞいて、飯盒を下げてゐる私にこんなことを云つてくれるのです。溢れる気持です」（『戦線』十信）、「さアさアどうぞ乗つて下さいと、親切に私をかゝへあげて、ヅツクを張つた車両の弾薬箱の上に私を乗せてくれた」（『北岸部隊』一〇月一九日）などがそれである。他にも、兵隊から焼き芋を貰い、鶏卵を貰い、キヤラメルを貰い、氷砂糖を貰い、煙草を貰い、その都度、芙美子は、兵隊の優しさや同胞愛を賞賛し、感謝の言葉を書き記している。

一瞬、芙美子が兵隊に「男」を意識するようなエピソードすらある。「私が女性であると云ふことについて、私は、実にこの戦線でおもひがけない一瞬にめぐりあひました」という一文で始まるこのエピソードは『戦線』十六信に記されている。従軍中、芙美子が堤を登って川岸に降りようとした時、一人の兵士が、黙って両手を差し出す。崖を降りるまでの間、芙美子は「息がとまりさうに固く、その兵隊にかゝへられ」ることになったのだが、その時の気持ちを芙美子は「ほんの短い一瞬でしたが、何と云ふこともなく、私は胸苦しいものを感じました」

と書き記している。やさしさや同胞愛、義務感、克己心などの崇高な人格美だけでなく、あるいはその向こう側に、一人の女として、兵士を異性として意識する芙美子の心象風景がここには書き込まれている。

そして、興味深いのは、そのような芙美子が、内地に帰った後の自分の人生を思いやっては、不安感や焦燥感に捕らわれていることである。芙美子は兵隊とともにある従軍中の日々に精神的な充足感と安堵感を感じており、帰国後の自分の姿を想像しては、そこに虚無と不安と絶望が広がる日常を思い描いている。「正直を云ひますと、私は、内地へ戻つてからの生活の方に何とない不安を持つやうになつたのですが、どうした事でせう…」（『戦線』七信）などの言葉がそれである。日常に戻っていくことに対する芙美子の不安感、恐怖感は漢口に近づくにつれますます深刻なものになっていく。なぜなら、漢口に到着するということは、内地に帰還する日が近づいていることを意味するからである。漢口入城の日、芙美子は「こゝまで来てみれば、私は段々内地の現実が近くなつたやうな気持になり、再び苦しい生活と、苦しい世間のつきあひが、私を妙な不安におとして来る。戦場を歩いてゐる時は、そんな不安なんか微塵もなかつた」、「帰つて行けば、何か怖いものが私を待つてゐるやうな気がしてならない」と書き記している（『北岸部隊』一〇月二七日）。

普通に考えれば、恐怖を感じるというのはむしろ戦場での心理であって、内地に帰った後の日常的な生の方に深刻な不安感を抱いている芙美子の姿というのは、常識的に考えれば奇異にすら思える。芙美子にとって恐怖の対象は、生と死の境目にあるような戦地での生活よりも日常生活の方であり、そこで不可避的に課せられる「世間のつきあい」である。「最前線に出てみると、色々な個々の雑念は吹き飛んで跡かたもなく消えてしまふのだ。自我といふものが、段々雲散霧消して来るのだ」（『北岸部隊』一〇月二三日）という言葉を踏まえれば、「自我」を中心にした生活もまた、彼女が不安と恐怖を感じる対象に加えることができるだろう。

そこで、芙美子が忌避する「日常」、内地で待つ「生活」、「世間のつきあい」、「自我」について、『放浪記』を手がかりに考えてみると、その「日常」とは、他者との緊張関係を不可避的に強いられる都市生活者の生存様式であったことに思いいたる。そして、そのような都市生活と対比される形で彼女の目の前に現出したのが、同胞愛と人格的崇高性を体現する（少なくとも、そう芙美子が信じた）兵士たちに囲まれた従軍生活だった。

『北岸部隊』や『戦線』とのコントラストを形成するようなエピソードを、『放浪記』から拾い出してみよう。実は『放浪記』にも一カ所だけ兵隊が登場する文章が挿入されている。「近衛の騎兵隊が、三角の旗を立てて風の中を走ってゆく。馬も食っている。騎兵の兵隊さんも食っているのだ」という言葉がそれである。「明日から、今から飢えて行く」まで追いつめられた芙美子の東京での生活は、貧窮の極みにある。馬よりも悲惨な自らの境遇を知った芙美子がみじめさをかみしめる姿がここには記されている。

言うまでもなく、『放浪記』には経済的な窮乏の中にあって、死への誘惑と生への意志の狭間で揺れる都市生活者、芙美子の内面風景がなまなましく描かれている。「いっそ、銀座あたりの美しい街で、こなごなに血反吐を吐いて、華族さんの自動車にでもひかれてしまいたいと思う」、「こんな女が一人うじうじ生きているよりも、いっそ早く、真二ツになって死んでしまいたい」という言葉は、貧しさの中で何もかも嫌になり死へと傾斜していく彼女の内面を伝えている。ただ、もう一方で、絶対的な生への意志、道徳的に堕落しようが人の道に外れようがとにかく生き抜くという生活者としての生存肯定の言葉も、『放浪記』には書き記されている。「誰かこんな体でも買ってくれるやうな人はいないかと思ったりした」、「ああ私の頭にはプロレタリアもブルジョアもない。たった一握りの白い握り飯が食べたいのだ」などの文章がそれである。『放浪記』の芙美子は、いつも、死への誘惑と絶対的な生への意志を両極とする振幅の中にある。

付け加えると、「たとえイエス様であらうと、お釈迦様であらうと、貧しい者は信ずるヨユウなんかないのだ。宗教なんて何だらう」という芙美子の信仰批判の言葉やマックス・シュティルナーを辻潤訳で読んでいた事実を考え合わせれば、芙美子の言う「自我」とは、個人的欲望の追求のため、飢えないため、金銭を得るためには、道徳的堕落を辞さない態度、というくらいの意味だったことが分かる。その態度が、シュティルナーの自我主義と結びつき、食欲を満たすことの前には信仰も思想もないというイデオロギー嫌悪へと発展していくわけである。

また、自我主義が満ちあふれる都会の生活は、『放浪記』に記された数々の男性遍歴にも描かれている。正確には『放浪記』に描かれた芙美子の前に現れる男たちはいつも〈自我主義者〉として彼女の前に立ち現れているのだ。たとえば女学校時代から恋愛関係にあり、ともに尾道から東京に上京し、同棲生活を始めた青年が、芙美子を捨てて一人で故郷に帰るエピソードが『放浪記』には紹介されている。「家を出てでも私と一緒になる」と言っておいて「アメリカから帰って来た姉さん夫婦がとてもガンコで反対する」と、いいかげんな音信しか寄こさない男の手紙に悔し涙を流しながら、妊娠していた芙美子は、雑司ヶ谷の墓地で何度も墓石に腹をぶつける。俳優田辺若男との同棲生活を記した下りには、お金がなくなるから別れようと芙美子に告げながら、田辺の鞄の中には大金が隠してあったエピソード、別居後、洗濯物を届けに田辺の下宿に行ってみたら「桃割れに結ったあの女優とたつた二人で、魚の様にもつれあっている」姿を見てしまい、全身が固くこわばってしまったエピソードが紹介されている。詩人野村吉哉との生活を記した下りでは、「私は足蹴にされ、台所の揚げ板のなかに押しこめられた時は、このひとは本当に私を殺すのではないかと思つた。私は子供のように声をあげて泣いた。何度も蹴られて痛いと云う事よりも、思いやりのない男の心が憎かつた」と書き記している。

荒みきった二人の生活の原因は、彼女に言わせれば、「貧乏をすると云う事が」「私達の心身を食い荒し」てしまったことにあった。

「一抹の死愁が、潮のやうに時々、私の胸に塩つぱく寄せて来る。人間の生活に苦悶する私の苦悩は、内地へ戻つてから痛烈に始まるのだ」と、帰国後の生活を思いやっては死への誘惑に駆られる芙美子の心象風景が、『北岸部隊』一〇月二四日には書き込まれている。この文章で言う「死愁」とは、おそらく、『放浪記』で繰り返し語られた死への傾斜と繋がっている。

日本に戻れば、エゴとエゴが無限の衝突を繰り返す他者との緊張関係が待ち受けている。そこにあるのは、傷心、孤立、堕落、欲望、猜疑心の渦巻く、都市生活者としての生存である。図式的に言えば、芙美子は内地での生活にゲゼルシャフト的な緊張関係を感じており、中国の奥地で兵士とともに行軍する今の状況にゲマインシャフト的な心情の共同体を感じている。「戦線では将校も兵隊もまるで一家族のやうです。広い戦線に来てみますと、私は束縛される何ものもない悠々たるものすら感じます」（『戦線』三信）と書き留めた芙美子は、戦地においてむしろ解放感と情緒的な一体感を感じている。彼女が解放されたのは、国家や社会制度の束縛からではない。下層階級の都市生活者として生きてきた彼女が人生の途上で嘗めたさまざまな辛酸、その過程で深刻に体験した負の感情の総体からの解放を、芙美子は喜んでいる。『放浪記』から『北岸部隊』に眼を転じた時、そこに浮かび上がるのは、「私は宿命的に放浪者である。

私は古里を持たない」と記した彼女が、中国奥地の戦場で、「日本」という目に見えない心情の共同体の中に、一時的であるとはいえ、自分の居場所を発見するドラマである。「矢原隊の階下の部隊では、夕方、湖へ行つてわざわざ私の為に野花をとつて来たのだと云つて、私の前の卓上に黄色い花が飾つてあつた」（『北岸部隊』一〇月一六日）と書き記す芙美子が噛みしめている幸福感とは、都市の下層民として生きていた彼女が余儀なくされた他者との緊張関係からの解放感であり、他人の好意を好意として素直に受けとめてもけっして傷つくことはないという、兵士に寄せる全幅の信頼感や一体感覚である。

翻ってみるに、そのような幸福感、あるいは解放感、高揚感の中にある芙美子が兵隊賛美の筆を執ったとしても、当然と言えば当然である。芙美子の主観に即して言えば、彼女の主眼は、戦争を肯定し賞賛するところにあったのではなく、戦場の兵士たちが見せる友愛の情に接した喜びを表現するところにあった。とするならば、少なくとも、戦争協力というレッテルを貼るだけでは、芙美子の従軍記の本質を言い当てたことにはならない。都市生活者として〈自我〉を生きてきた芙美子が、〈日本人としての私〉を実感し、目に見えない心情の共同体の中に自分の居場所を見出だし、孤立感や緊張感から救済されていく。その喜びが、一体感でつながれた周囲の朋友たち＝兵隊を賛美するための筆を執らせ、やがてその筆は、反省的思考を媒介としないまま、波紋が広がるように、宣伝協力、国民党批判へと及ぶことになる。『北岸部隊』

や『戦線』を芙美子の内面に即して見た場合、このようにその本質的性格を規定することができるはずである。

注

（1）朝日新聞社　昭和一三（一九三八）・一二
（2）中央公論社　昭和一四（一九三九）・一
（3）戦争中は未発表、引用は『昭和戦争文学全集』2　集英社　昭和三九（一九六四）・九
（4）引用は注（3）と同じ
（5）『戦史叢書　支那事変陸軍作戦』2　朝雲新聞社　昭和五一（一九七六）・二
（6）「林芙美子のパリ旅行と戦争協力〝前夜〟」『新日本文学』平成一六（二〇〇四）・一一
（7）今川英子編『林芙美子　巴里の恋』中央公論新社　平成一三（二〇〇一）・八
（8）第一部　改造社　昭和五（一九三〇）・七、第二部　改造社　昭和五（一九三〇）・一一、第三部『日本小説』昭和二二（一九四七）・三〜昭和二三（一九四八）・一〇
（9）『林芙美子の昭和』新書館　平成一五（二〇〇三）・一二
（10）改造社　昭和一三（一九三八）・七
（11）注（5）と同じ

第六章　右翼の系譜学

——保田與重郎とアジア太平洋戦争（一）

はじめに

保田與重郎『絶對平和論』は、雑誌『祖國』に昭和二五（一九五〇）年三月より一一月まで断続的に連載され、まさき會祖國社より昭和二五（一九五〇）年一一月、単行本として出版された。本書で與重郎は、明治維新以降の日本の文明のありように関して分析を行い、さらにはアジア太平洋戦争、第二次大戦後の世界情勢の批評を試みている。そして、最終的には絶対平和の可能性について言及するわけだが、彼にとって、絶対的な平和とは、人類が「近代」文明、経済上における資本主義、思想上における功利主義、合理主義、政治上における進歩主義、帝国主義を否定することによってのみ、もたらされるものであった。

與重郎は、「絶対平和論が普通に云はれてゐる平和論や、永世中立論と異る点」について次のように説明している。

一つは近代とその生活の不正を知り近代生活を羨望せぬこと。次に（第一の命題の確立のために）近代文明以上に高次な精神と道徳の文明の理想を自覚すること。この第二の命題を別の言葉で申しますと、アジアの自覚とアジアの理想の恢弘といふことです。（中略）「近代」と「近代人」の内部に於ては、戦争は不可避です。「近代人」の作った「近代」は、戦争から見離されることがありません。我々は「近代」といふものに対する根本的な批判から出発するのです。かりにこれを近代に対するアジアの立場と呼んでおきませう。それは近代に対する本質的に批判的な道義の立場です。

ここから與重郎の言う絶対平和論が近代文明、つまり西洋文明に対する批判の別名であったことが分かる。絶対平和論は近代文明よりもより高度な精神性を内包した「アジアの立場」の道義性を含意する概念である。

これを立脚点として與重郎は、明治政府主導によって進められた日本の近代化政策、いわゆる富国強兵政策に対して批判を展開することになる。與重郎によれば、『十九世紀』は偉大な世紀だといふ精神史の評価を」明治国家の為政者たちが、「まともにうけとつたところから、わが文明開化は盲目的に進められた」が、その結果もたらされたものは、功利主義の蔓延と道義的頽廃であった。「近代」とは、「富国強兵を国是とし、海外の四方に市場を争ひかちとることによりなり立つもので、そのゆき方は侵略」以外にない(1)。

そして、與重郎にとって、日本の近代化を推進した張本人が、大久保利通でありその最大のイデオローグが福沢諭吉であった。

大久保―福沢の思想のゆくところ、日本も「侵略」を必要とせねばならなかつた。彼らは尋常の意味で非倫の人でない。しかるにその結果は如何であるか。文明観の根本が違つてゐるのである。これに対立した西郷隆盛、副島種臣らの思想とは、要するに、文明観の上で全然相容れないものであつた。此の精神（道徳）に対するに、彼は物欲（近代）をもつてした。此のアジアに対し、彼の西洋である。(2)

竹内好は「文明一元観」の「最大のイデオローグは、言うまでもなく、『文明論之概略』の著者である福沢諭吉であった」(3)、「福沢の文明論で特徴的なことは、文明の本質について智を徳の上位においたこと」だったと論じている。

竹内の言う文明一元観とは、西欧近代文明を普遍的な唯一絶対の文明のありようと認め、これを尺度として、世界中のあらゆる文明を測定するという立場を指す。「智」とは学問、といっても儒学のように徳育と密接不可分に結びついたような「学問」ではなくて、形而下領域に限定されたような、科学、経済、軍事の振興と直接的に結びついた実学を意味している。「物欲」、つまり富国強兵をどれだけ実現したかをもって、文明の「進化」を測定しようとする立場が「文明一元観」の謂いであり、ここに福沢諭吉および明治国家の道義上の瑕瑾があったと、與重郎は批判しているわけである。

一方、福沢との対比の中で特徴づけられる與重郎の文明論＝絶対平和論の本質的特徴をひと言で言えば、「智」よりも「徳」を「文明」の本質的価値とする立場だったと言うことができる。與重郎は「自衛」のために「近代」を学びとり、その「近代」に追いつくために、「近代」に追従して、「侵略」を開始した「文明開化日本」を、「非倫」と呼び厳しく批判する。與重郎にとって「近代」と対立軸を形成する文明的価値こそ「アジアの道義と人倫」だった。

「絶対」平和論と與重郎自らが名づけるように、この対立図式において西欧と東洋の差は絶対的なものであり、努力によって追いつくことができるような代物ではなかった。道義上の差とは、経済力や軍事力のような相対的なものではありえない。だから、與重郎の批評にあっては西欧が絶対的な平和主義に近づこうとすれば、自らが作り上げた近代文明そのものを放棄せねばならない、というロジックが形成されることになるわけである。

他国の植民地になるか、他国を植民地にするかという選択肢の他はなかった帝国主義の時代にあって、現実的に有効かどうかはともかく、與重郎の主観に寄り添った場合、絶対平和論＝「アジアの道義と人倫」は、こうした帝国主義的な世界システムの解体が志向されている。アジアの諸文化が育んだ道義的精神を機軸として共同体を形成していくことによって、異なる民族の共生が可能となるような多元的な世界を構築する、その世界では侵略―被侵略、搾取―被搾取といった帝国主義や資本主義の害悪がすでに解消されている、與重郎の構想する新しい世界のありようとはこのようなものであった。

西郷南洲の問題圏

先ほどの引用にも記されていたように、與重郎は大久保利通や福沢諭吉の対極的存在として西郷南洲を挙げていた。西郷こそが、欧化主義、文明開化の対立軸としてのアジアの道義的精神文明を体現していると、彼は考えていたのである。

與重郎に言わせれば、西南戦争を根拠に西郷を不平士族の首領だったと見なす考え方は、浅薄な公式的見解にすぎない。西郷は近代文明の必然的罪悪を直感し、国の理想の実現のため、身命を賭して戦った。西南の役の原因となった征韓論にしても、西郷の志は、アジアの道義的精神文明の見地に立って、独立の危機にある隣国の志士との連携を目指したものだった。このような西郷の道義的立場を指して、「武断派」と呼ぶのは、「文明開化派の策略にのる本末転倒の甚しいものである」[4]と與重郎は論じている。

たしかに、『大西郷遺訓』[5]を一読すると、いたるところで西洋文明を批判し、奢侈を戒める西郷の言葉に出くわす。たとえば、同書で西郷は「道は天地自然の物なれば、西洋と雖も別無し」と、「道」つまり道義の普遍について述べ、その上で、二点にわたって、西洋文明の道徳的瑕瑾を指摘している。まず第一は西欧文明にあっては生活が奢侈に傾くという批判である。

かりに日本が「外国の盛大を羨み、利害得失を論ぜず、家屋の構造より玩弄物に至る迄、一一外国を仰ぎ、奢侈の風を長じ、財用を浪費せば」、やがて国力は疲弊し人心は浮薄に流れ、ついには国家滅亡の危機をむかえると西郷は警告している。

第二は、西洋文明が自明視する優勝劣敗の生存原理に対する批判である。文明が優勝劣敗の原理に徹するということは、人間と獣の境目が無くなり、人性が消失することを意味する。「実に文明ならば、未開の国に対しなば、慈愛を本とし、懇懇説喩して開明に導く可きに、左は無くして、未開蒙昧の国に対する程、むごく残忍の事を致し、己れを利するは野蛮ぢやと申せし」という言葉がそれである。西郷にとって「文明」の「進歩」とは、克己心を核とする道義的精神をいかに実現しているかを意味していた。これを基準とするならば、アジアを植民地化しつつ進行する西洋諸国の飽くなき国家的利益《ナショナル・インタレスト》の追求こそが反文明の側に位置づけられることになる。

このように與重郎は明治政府ではなく征韓論争で敗れて下野した西郷の側に、本来のあるべき維新の精神のありようを求めている。したがって、與重郎にとって、明治以降の日本の近代化にあって正しい方向性を明確に自覚していたのは、政府ではなく、在野の浪人勢力、具体的には西郷の精神的系譜に連なる玄洋社系の右翼勢力の側であった。

『日本の文學史』[6]で與重郎は、明治維新をなしとげた志士たちの尊皇攘夷の精神は、「内は覇道を廃して王道を恢弘し、外に対してはアジア各国の轍を踏むことなく、我国の独立を確保する」ところにあった、この国家原理は最初は明治政府の国家目標となったが、西郷の死後、野にあった精神的後継者たちが、その志を「アジア諸民族を西洋の侵略より解放し、大アジア独立の革命であるといふ思想」として受け継いでいったと語っている。與重郎がここで言う西郷の後継者とは、具体的には玄洋社の頭山満を指す。『大西郷遺訓を読む』[7]で道義的な共同体としてのアジアの建立を主張した頭山にとって、アジアが西洋列強の支配から脱するとは、「日支印三国が一致して、ほんたうの東洋道徳を磨きあげ、西洋にその光沢を及ぼ」すことを意味していた。「何も斬取り強盗の、真似をして、国を広うすることもいらぬ。目先を掠めて富を増すこともいらぬ。道を行ひ敬愛の心を以て宇宙万邦に対してさへゐれば、国は期せずして万代の鏡と仰がれる」というのが、頭山の国家観念である。正直に言えば、明治期から大正にかけての頭山の政治活動にはかなり、きな臭さや血腥さが漂うが、この言葉自体はきわめて穏当である。

それはともかく、このような頭山のアジア認識が與重郎の絶対平和論とかなり近い位置にあることは明らかである。「斬取り強盗の、真似をして、国を広」げ、「目先を掠めて富を増すこと」は、「近代」＝西洋文明の行動原理に属している。だから植民地支配も戦争も「近代」文明の内部にとどまる限り宿命的な出来事となる。西郷、頭山、そして與重郎はアジアの道義的な精神文明を回復し、その威光を西洋列強に及ぼすことによってのみ独立を手に入れることができると考えていたのである。

アジア主義者たちの夢

さらに、頭山と同様の歴史認識は北一輝の『支那革命外史』(8)にも記されている。（維新の元老達たちが）「維新革命の心的体現者大西郷を群がり殺して以来、即ち明治十年以降の日本は、いささかも革命の建設ではなく、復辟の背信的転倒である。現代日本のどこに維新革命の魂と制度とを見ることができるのか」と述べているように、北にとって、国家改造とは維新の精神を明らかにすることと同義であった。北に言わせれば、西郷亡き後の近代日本は蛆のわく死骸のようなものであり、明治国家を率いた元老たちは北に言わせれば、「維新革命の死骸から湧いてムク〳〵と肥つた蛆」のようなものであった。そのような北にとっては明治維新の精神に学ぶことにおいてのみ、中国の国家的独立は正しい形で実現しうるものであった。『支那革命外史』には、「不合理に基く不可能事を東洋的共和制に輸入せしむべからず。維新革命は白人の革命の取捨選択にして自ら有する東洋的君主制を建てたり。支那の革命は又彼等の長短を批判して黄人独自の合理的にして可能なる東洋的共和政を樹立せざるべからず」と記されている。西洋文明を東洋に直輸入することは、北にとっては維新の精神に背を向けることを意味していた。そのようなことをすれば東洋は蛆のわく死骸のごとき姿をさらすことになる。北が目指した「支那革命」とは、東洋の精神文化に根を持つ新しい共和制の実現を意味していた。西洋文明への傾斜をアジアの堕落と捉える点、明治維新の延長上に近代日本全体を位置づけようとする点、維新の精神的象徴として西郷隆盛を挙げている点において、與重郎は北とも歴史認識を共有している。

ただ、両者の決定的な違いを述べれば、どの時点から近代日本を振り返っているかにあると言うことができる。北の場合、いま―目の前にある日本国家の改造や中国における新国家の建設に挺身している。だから、明治維新の精神は失われてしまった理想として声高に語られることになる。不在であること、すでに失われてしまっていることによって、それに近づこうとする激しい憧憬が形成される、あるいは、喪失感が維新回天へのエネルギーへと転化される、これが北一輝による社会変革への道筋である。

一方、北とは異なり與重郎は、アジア太平洋戦争に日本が敗北し、大日本帝国が解体し、東京裁判において日本の侵略行為が確定された時点から、維新の精神について論じている。與重郎にとってアジア太平洋戦争の正当性は西洋列強からのアジアの解放、今の文脈で言うなら、西郷が体現したアジア主義的心性と大東亜共栄圏の思想との連続性によってのみ担保されうるものであった。そのような與重郎にとってみれば、北のように維新の精神が西南戦争をきっかけに見失われてしまったと、簡単に言い切るわけにはいかない。それは與重郎にとっては、アジア太平洋戦争が完全な侵略戦争であったと認めること、東京裁判の判決をそのままに受け容れることを意味してしまうことになるからである。

これと関連して、さらに與重郎の石原莞爾への言及についてもここで触れておきたい。といっても、與重郎が石原莞爾の思想について具体的に言及し、批判を展開しているというわけではない。戦争中、「国家主義と詩美」(9)で、石原莞爾の高名な世界最終論に少し言及している程度なのだが、石原との比較を通じて與重郎の立脚点がくっきりと浮かび上がってくるという意味では、大変興味深い内容がここには記されている。「国家主義と詩美」で與重郎は石原莞爾の最終戦争論は「第一次世界大戦後世界思想界に現れた種々の著述の中でも後代最も注目される一つと思はれる」と激賞しつつも、「今日の文化上の国際的体勢である『国家主義』の上に立つて描かれてゐる」ところに本書の本質的な誤りがあると指摘している。石原が立脚する国家主義は「文明開化の最終形」、つまり西洋文明の一変容《バージョン》に過ぎず、そうである以上、創造や建設の原理にはなりえないと言うのである。このような石原観は戦後も一貫していたようであり、戦後、與重郎は「我々は石原の東亜連盟思想に今も昔も反対だが、石原個人はもう少し立派で特異人物だつたと信ずる」と論じている。(10)「今も昔も」と言うのだから、戦中、戦後一貫して與重郎は石原の思想、しかも、おそらく巨視的に見れば與重郎と近い位置にあるような東亜連盟構想に対して、批判的であったことが分かる。

よく知られているように、石原は東洋文明と西洋文明の世界最終戦争の後、はじめて絶対平和が訪れるという歴史的展望の下、東亜全域を単位とする諸民族の連合体を結成すべく、東亜連盟運動に従事している。『世界最終戦と東亜連盟』(11)において、石原は「東亜連盟の結成を中心問題とする昭和維新の為め」の二つの問題を指摘している。まず第一は「東洋民族の新しい道徳の創造」である。この点のみに関しては少なくとも保田の主張との決定的な隔たりを確認することはできない。

問題は二つ目の問題である。石原によれば、東洋諸国家は世界最終戦争に備えて「我々の相手になる所のものに劣らざる所の我々の物質的力を作って行かなければなら」ず、「立後れた東亜がヨーロッパ又は米州の生産力以上の生産力を持たなければならない」。世界最終戦争を前提としている以上、軍人である石原としては当然の発想なのだが、このような主張は與重郎的見地から見れば、明らかに日本の西洋化・近代化、つまり、道義的堕落を意味することになる。五族共和と言おうが共存共栄と言おうが、石原の言う東亜連盟が国家的利得の追求を前提として、議論が組み立てられている以上、與重郎から見れば、東亜連盟構想は日本の道義的堕落を意味することにならざるをえない。だからこそ、戦中戦後を問わず、一貫して東亜連盟思想について反対の立場に立ち続けることになったわけである。

付け加えれば、先ほど林芙美子と日支事変を論じた下りで、中国との戦争状態の中にあってもなおアジア主義的な感性や思考との弥縫を企図していた戦時下の戦争報道について言及したが、これを横に置いてみると與重郎の批評がまったく逆の像を結んでいたことが見えてくるだろう。アジア太平洋戦争を総括するに当たって與重郎は、複雑に絡み合った脱亜論的側面とアジア主義的側面を、思想史の観点から切り分け、後者に道義的、積極的な価値を見ようとしているのである。

陽明学のエートス

さて、ここまでは與重郎が繰り返してきた「アジアの道義と人倫」について、その中身を問わないままに論を進めてきた。次にこの問題について考えていきたい。

冒頭で言及した『絶對平和論』で、與重郎は「西郷南洲は、孔子の極めて文芸的な道徳論を王陽明の学説で学び、さらに本居宣長の系統の学問に心を傾けた人ですが、彼は早くも、近代文明は、決して文明とか文化とかといふ第一義のものの血統ではないと見破つてゐたのです」と論じている。この文章の中で注目したいのが、陽明学と西郷、そして與重郎との関わりである。『大西郷遺訓』を一読すれば分かるように、西郷南洲の陽明学への傾斜は大塩平八郎を英雄視する心性と多くの部分で重なっている。頭山満もまた、西郷が『洗心洞箚記』を自ら書写して持っていたこと、京都の医師が所持していた大塩の書を気に入った西郷が譲ってくれるよう繰り返し懇願したことなどのエピソードを伝えている。

大塩の「洗心」とは、社会や法律、世間に道徳の規準を求めるのでなく、自分の心性の自然な働きにおいて、道義性の発揮を見ようとする立場を意味する。自身の内面に先天的に潜在するような道義性を、陽明学では「良知」と呼ぶ。陽明学においては、道徳を学ぶのではなく、自分に備わる「良知」の存在に気づき、それを十全に働かせるところに道義性の発揮を認めるわけである。(12)

その「良知」について、大塩平八郎は「胸中一切の妄念を絶滅して、此の情欲を留めざれば即ち心大虚に帰せり」、「良知を以て大虚とせり」、「大虚と良知とは、畢竟一物の異名に過ぎざればなり。然れども大虚は心境の澄徹して、些かの陰影も留めざる状態にして、良知は其中善悪を識別する自然の霊明あるを指して此れを言うなり」と語っている。(13) 個人的欲望をすべて捨象して、生得的に備わる善悪を区別する心の性に耳を傾けること、そしてその声に従うこと、これが大塩―西郷が思い描いた東洋的道義精神の姿であったわけである。

井上哲次郎は『日本陽明学派之哲学』序文で、「維新以来世の学者、或は功利主義を唱道し、或は利己主義を主張し、其結果の及ぶ所、或は遂に我国民的道徳を破壊せんとす」、「我国民的道徳は、即ち心徳の普遍なるものにして、心徳は実に東洋道徳の精粋と謂ふべきなり」と述べている。[14] 西洋化の中で流入した個人主義道徳の対立軸として陽明学は位置づけられ、しかも、道徳上における西洋と東洋という対立図式は、利己と利他、個人と国家という図式と一体化されていたことが分かる。西郷の精神的支柱であった陽明学は、近代の日本にあって西洋の精神文明の対抗軸としての東洋の道義的精神を象徴していたわけである。

それにしても、大塩平八郎、西郷を経て、與重郎に流れ込む陽明学的な唯心論、ロマン的精神の系譜の中で、彼の歴史認識を眺めてみた場合、やはり主情主義特有の独善的性格をそこに指摘しないわけにはいかない。外在的な道徳的規範性をすべて否定して、「良知」にのみ忠実であろうとするわけだから、冷静に眺めてみれば、「良知」とはきわめて個人的な道徳的直観力に過ぎないとも言える。それはロゴスではなくパトスであり、主情的な唯心論の域を出るものではない。[15]

橋川文三は與重郎の批評について「一切の政治的リアリズムの排斥、あらゆる情勢分析の拒否がつよく全面に押し出され、科学的思考の絶滅がほとんど必死の勢でとかれるにいたる」と語っている。[16] 内在的な道義的直観にのみ忠実であろうとするパトスにとっては、政治的環境や情勢を斟酌すること自体が不純、ひいては道義的堕落を意味する。與重郎的な純粋さは狂気や破滅とつねにとなりあわせにある。

そして、さらに、その先にあるものは、主観的に善意であれば、すべて許されるといったような独善的な思考形態である。そこにあっては他者の痛み、たとえばアジアの解放のために日本がアジアに与えた苦痛を斟酌する余地は生まれようがない。

我々の最も手近なところにあつた歴史は、大東亜解放戦争である。このアジアの自主独立のための戦ひ以外に明治維新史の後編はない。我々の意志は、アジア大革命時代の完結にあつたのだ。それは我々といふアジア自体の呻吟だつた。（中略）さうして世界史のよび名では、アジア大革命時代である。世界の歴史に最大の浪曼的時代である。植民地アジアの解放は、その国々の自主独立の達成にある。さうした時、大英帝国は最大の敵の象徴だつた。（中略）英帝国は大東亜戦争によつて分散したのである。(17)

このような與重郎の言葉に接した時、今日の社会に生きる私たちはどうしても違和感を抱かざるをえない。アジア太平洋戦争を西欧列強による植民地支配からの解放と単純に位置づけるにしては、あまりにも深刻な苦痛を日本人はアジアの人々に与えてしまっているからだ。具体的な検証は次章に譲るが、與重郎もまたこの点について無自覚であったわけではないし、大東亜戦争の侵略的（彼にとってそれは「近代的」でもあるわけだが）性格を認めている。日本による戦争はすべて正しいと主張しているわけでもない。しかし、程度の問題としていうならば、今日に生きる私たちと比べれば加害者としての歴史上の役割をいちじるしく過小評価し、アジア太平洋戦争の積極的性格を極端に前景化していることは否定できない。アジアを主体的に考える與重郎の思考は、同時に日本人がアジアにもたらした禍害を死角として抱え込む構造を内包しているのである。

アジアと国体

與重郎の主張する「アジアの道義と人倫」は、以上のように独善的性格を否定しきれないものではあった。しかし、もう一方で、アジアという表象それ自体が超越的価値として全体を吊り支える彼の批評体系は、その内部に位置する日本という共同体の権威性を相対的に低めざるをえないものでもある。ここに彼の主張するアジア主義的心性を理解する難しさがある。

與重郎の批評にあって、アジアの精神を考える時、陽明学以外にもう一つ重要なテーマが存在する。それはアジアの農業、米作である。「米作地帯の生産は、未だに主として愛情によつて動いてゐるのである」、「米作地帯の人々は、今日に於てもなほ利潤といふ思想をどこかで冷眼視してゐる。それがアジア的といはれる所以の一つである」(18)、與重郎はこう説明している。アジアの米作にあっては資本主義的な搾取―被搾取の関係はいまだ存在せず、「愛情」をもって営まれている、だから、アジアにあって従事する農耕民は個人的利得の追求に恬淡でありうる、そう與重郎は論じているのである。

與重郎によれば日本の農耕にあって、このようなアジア的精神の発現が認められるのが、「ことよさし」の思想である。

神助といふ言葉にしても、それは天恵といふ一方的なものでない。或ひはこれを神の約束と云ひかへてもよい、俗に神を助けることと云ふても、多少あたるものを含んでゐる。日本のことばではこのことを「ことよさし」と呼ぶのである。勤労といふのは、このことよさしであり、又ことよさしに仕へる意味をふくむ。むすびとことよさしがわが思想では最も重要点で、こゝをおいて国体も皇道もないのである。（中略）生産（むすび）といふ神の業を人にことよさし給ひ、それによつて人が神の業に合作する。これが勤労の意味にて、道の正しい時に於ては人も神も同じである。(19)

「こゝをおいて国体も皇道もない」という言葉に端的に示されているように、人との共同作業（＝「むすび」）において恵みをもたらすことを約束する（＝「ことよさし」）神が、「近代」天皇制と無縁なものであることは間違いない。アジアの農耕共同体としての日本を形成するような本質的性格こそが、「ことよさし」なのである。次章で詳しく検討していくつもりだが、敬神と勤労が融合した「ことよさし」とは、米作を生産活動の中心とするアジアの共同体に偏在する道義的な精神性を象徴する言葉であり、個人的欲望の追求とはまったく無縁な心性としてある。ここに與重郎は西洋文明とは無縁なアジア的道義性を見ているわけである。

それはともかく、ここから分かるのは、道義性を本質とするアジアの精神文明と、欲望を本とする西洋文明という構図を徹底化していけば、最終的には天皇制をもアジアという空間に引きずりださずにはいられないという点である。言い換えるならば、アジアの精神によって吊り支えられた與重郎の批評にあっては、不可避的に「皇道」は農耕に基礎を持つ東アジアの精神文明の一変調《バージョン》としてとらえ直されることになる。

たとえば、アジア太平洋戦争下、鹿子木員信は『すめらあじあ』[20]において、「皇《すめら》亜細亜連邦国」を主張し、「連邦国の統制の原則たりうるもの、亜細亜は申すに及ばず全世界を通じて、ひとり永遠の天皇おわすあるのみ」と主張している。また、黒龍会の代表、内田良平は『日本之亜細亜』[21]で、亜細亜という名称そのものが葦原を語源としており、よって「亜細亜の名称によつて考ふる時は、天照皇大神が皇孫の知ろし召すべき国と定められた国土は、亜細亜全部の地域であつた」と自説を展開している。これらにおいては、天皇制こそがアジア全体を象徴していると主張されているわけだが、これと比べてみれば、與重郎の議論にあっては天皇制の超越性、中心性は完全に消失している。

與重郎が信じたアジア解放の理念は、アジアに対する加害者としての歴史を過小評価してしまう独善を内包していた。それはそうなのだが、同時に、彼の批評は、超越的価値として「ことよさし」やアジア観念を定位することで、「国体」や「皇道」、つまり天皇制を含めた近代日本のありようそのものに修正を迫り、「絶対平和」への道を切り開こうとする方向性をも内包している。暴力と非暴力、現状を追認する独善と変革を志向する意志が複雑に絡み合ったような、與重郎のアジア主義的心性の内実をここにうかがうことができるのである。

注

（1）『日本の文學史』新潮社　昭四七（一九七二）・五

（2）『日本に祈る』まさき會祖國社　昭和二五（一九五〇）・一一

（3）『日本とアジア』ちくま学芸文庫

（4）『述史新論』昭和五九（一九八四）・一〇　執筆は昭和三六（一九六一）・二から八

（5）政教社　大正一四（一九三九）・三、引用は岩波文庫

（6）注（1）と同じ

（7）政教社　昭和一六（一九四一）・一二

（8）大鐙閣　大正一〇（一九二一）・一一

（9）『コギト』昭和一七（一九四二）・八
（10）「編輯者の自覚を望む」『祖國』昭和二五（一九五〇）・九
（11）立命館大学出版部　昭和一六（一九四一）・七
（12）小島毅『近代日本の陽明学』講談社　平成一八（二〇〇六）・八
（13）井上哲次郎『日本陽明学派之哲学』明治三三（一九〇〇）・一〇、引用は冨山房　昭和一三（一九三八）・八
（14）注（13）と同じ
（15）島田虔次『朱子学と陽明学』岩波新書
（16）『日本浪曼派批判序説』未来社　昭和四〇（一九六五）・四
（17）『日本浪曼派の時代』『國文学　解釈と鑑賞』昭和四二（一九六七）・四～四四（一九六九）・七
（18）「農村記」『祖國』昭和二四（一九四九）・九
（19）注（18）と同じ
（20）同文書院　昭和一二（一九三七）・一二
（21）黒龍会出版部　昭和七（一九三二）・一二

第七章　イロニーとしての大東亜共栄圏

――保田與重郎とアジア太平洋戦争（二）

はじめに

保田與重郎は、昭和二四（一九四九）年九月『祖國』に発表した「農村記」で、「クレムリン側で発見したと云ふアジア的生産様式と称へる『アジアの発見』は、彼の野望が、近代及近代文化といふものの、未征服地帯として指摘したのみで」「野望の眼で見、野望の口で云うてゐるにすぎない」と述べている。

一読するだけではその正確な意味を理解するのがなかなか困難な文章である。しかし、背景を踏まえつつ、この言葉の意味するところを検討していくと、第二次世界大戦後、本格化するアジアをめぐる與重郎の批評の核心部分が浮かび上がってくる。ここに登場する「アジア的生産様式」という言葉は、マルクスの『経済学批判』に登場する「大ざっぱにいって、経済的社会構成が進歩してゆく段階として、アジア的、古代的、封建的、および近代ブルジョア的生産様式をあげることができる」という文章に依拠する概念である。[1] いわゆる史的唯物論にあって、アジア的生産様式とは、封建制や古代社会よりもさらに前の段階に位置づけられ、私的所有よりも共同体による共有が所有形態の主流を占めていた歴史的段階のことを意味している。言うまでもなく、史的唯物論にとっての「進歩」は共産主義という「歴史の終焉」にむかっての進化過程を意味している。「アジア的生産様式」は古代よりもさらに前段階の、ということは、古代以上に、歴史の「進歩」からかけ離れた、「停滞」の極北に位置するような、社会形態として位置づけられていたわけである。

與重郎はこのような、「アジア的生産様式」について、「クレムリン側で発見した」もの、つまり、マルクスの学説を継承する形でソビエト連邦において、あるいはレーニン—スターリン主義において提唱された概念であったと、ここで指摘している。調べてみると、たしかにソビエト連邦では当時、「アジア的生産様式」をめぐって活発な議論が交わされており、日本の論壇に大きな影響を与えていた事実に突き当たることになる。(2) 詳述する余裕はないが、少なくとも時期から見て、與重郎が言う「クレムリン側で発見したと云ふアジア的生産様式」が、一九三二年の論争で提示された概念を指すことは間違いない。

その一九三二年の論争であるが、この論争では、西洋の資本主義経済に出会いながら、なぜ中国は資本主義社会へとスムーズに移行できないのかという問題をめぐって、さまざまな議論が交わされている。論争の中心的な論客であったマジャールの主張を要約すると、東洋には古来より「アジア的生産様式」という独特の生産様式が存在し、それは人工灌漑が耕作の第一前提を成したところに生じた独特の社会であった、その特殊性が資本主義社会への移行を妨げていた、ということになる。また、マジャールに近い立場に立つコキンは、「アジア的生産様式」を奴隷制社会のアジア的変種と位置づけている。

この論争に参加した論者の内、日本にもっとも影響を与えたのは、ゴヴァレフである。ゴヴァレフによれば、アジア的・古代的・封建的・近代資本主義的という四つの生産様式は、継起的、一線的な発展の系列である。そして、このうち「アジア的生産様式」とは強固な階級社会を意味しており、その「階級＝搾取者」は直接国家機構に組織され、生産手段を集団的に所有し、原始的農村共同体を搾取するための特権集団であった。(3)

いずれにせよ「アジア的生産様式」は、いつもマイナス価値の側に置かれていた。歴史の進歩の上では障害物であり、それは支配階層による被支配階層の集団的搾取、奴隷制の異名に過ぎないと見なされていたわけである。日本にあっても、たとえば、羽仁五郎は昭和七（一九三二）年、「東洋における資本主義の形成」(4)において、「現代におけるアジア的生産様式の問題は、帝国主義の問題である。アジア的生産様式が現在に残存しているとすれば」「帝国主義によって残存せしめられているのである」と論じている。マルキシズムの立場に立てば、アジア的生産様式とは、「社会的生産過程の敵対的関係の首位におかれてゐるもの」にすぎなかった。(5)

冒頭でも確認したように、このような「アジア的生産様式」に関する議論を踏まえて與重郎は、「彼の野望が、近代及近代文化といふものの、未征服地帯として指摘したのみで」「野望の眼で見、野望の口で云ふてゐるにすぎない」と批判している。與重郎の言葉を丹念に読んでみると、ここで彼が批判しようとしている真の対象が、マルキシズムそのものではなく、それをも含めた、近代文明そのものであったことが分かる。〈近代〉をプラス価値とすれば、反近代、あるいは、前近代は、マイナス価値の側に位置づけられる。この価値軸を空間的に捉えなおせば、西洋はプラス価値、非ヨーロッパ、アジアはマイナス価値の側に配置されることになる。竹内好によれば、剰余価値を生み出し資本の自己増殖を志向する近代文明は、本来的に自己拡張的な性格を帯びる。資本の自己増殖運動を核とする西洋文明とは、時空へのひろがりの方向においてのみ自己存在のありようを確認しようとするような欲望に取り憑かれている。(6) 與重郎が言う近代文明の「野望」とは、その自己拡張的性格、アジアの蚕食を本来的な性格とする西洋文明のありようを指している。西洋によって発見されたアジア、あるいは「アジア的生産様式」とは、西洋文明、近代文明が未だ及んでいないような、つまりこれから西洋文明が自己拡張していく対象であるところの近代の外部の別名である、そう與重郎は批判しているわけである。

「ことよさし」の構造

前章でも少し触れたが、ここで登場するのが「ことよさし」という考え方である。古語辞典には「ことよさし」という名詞は表記されていないが、「ことよす」という動詞は記載されている。おおよそ、神の意思によってはからう、神の思慮に寄り添う形で助けるというほどの意味である。(7) 與重郎は「ことよさし」の語感を、米作共同体における祭政一致、宗教政策と生産活動、生活、政治組織が一体化したアジアにおける米作文化の中に求めており、「神助といふ言葉にしても、それは天恵といふ一方的なものでない。或ひはこれを神の約束と云ひかへてもよい、俗に神を助けることと云ふても、多少あたるものを含んでゐる。日本のことばではこのことを『ことよさし』と呼ぶのである。勤労といふのは、このことよさし」であると説明している。(8) 労働は、神の意志を汲み取り、それを実現しようとするという宗教的挺身を含意しており、できあがった作物は「神の約束」において与えられる、「ことよさし」はこのような意味合いを含意する概念として紹介されている。

さて、この「ことよさし」を起点として、與重郎はアジア的生産様式について語りはじめるわけだが、先ほど述べたように、マルキシズムによって提示された「アジア的生産様式」とは、私的所有が存在せず、奴隷階級を支配する階級による共同所有社会という意味を含んでいた。この共同所有、言い換えれば私的所有の不在という点だけを見れば、與重郎の唱えた「ことよさし」もまた共通する要素を内包している。「にひなめととしごひ」(9) で彼は、収穫した米は誰のものかに関して、延喜式祝詞では明確に定められておらず、ここから古代においては、誰も所有権を意識していなかったことが分かる、「今日の所有権といふ思想が、生産物についても、土地についても、なかつたのである」と説明している。前章で詳しく述べた欲望を超越するようなアジアの精神文明に関して、その成立を支える物質的基盤を生産様式、つまり下部構造の問題として説明しようとする與重郎の意図をここに確認することができる。

ただ注意しなければならないのは、マルキシズムで提示された「アジア的生産様式」では、私的所有の不在が奴隷制、上位集団による搾取と一体化する形で提示されているのに対して、與重郎の唱える「ことよさし」では、農耕に従事する人間と神との関係が語られるのみで、搾取する上位階級の存在自体が消されてしまっていることである。マルクスは、「アジア的生産様式」にあって「共同体の剰余労働部分は、結局は一個の人物の形において存在するところの、最高の集団に属する」が、「この剰余労働は、貢物、等々の形態において」「現実の専制君主」と「仮想上の種族的本体」が結合したような「神の賛仰のために奉仕うるところの、集団的な労働の諸形態において、あらわれる」と論じている（飯田貫一訳「資本制生産に先行する諸形態」）。マルクスがイメージしたアジア的生産様式では、神的存在のイメージと共同体を実質的に支配する専制君主のイメージが連結されている。神への貢物は専制君主の独占物の別名にすぎず、「アジア的生産様式」にあっては、「神の賛仰」というイデオロギーを一皮むけば、搾取—被搾取という労働関係が浮上するとマルクスは語っているわけである。

一方、與重郎の「ことよさし」では、作った者から搾取するような上位階級自体がそのイメージから完全に放逐されている。與重郎の場合、生産者と神的存在の関係のみが語られており、搾取する存在がはじめから不在なのだ。結果、神と生産者との共有、ということは、私的所有の意識はないものの、結果的に収穫物が作った人のものとなるような所有形態が紡ぎ出されることになるわけである。自らが生産した作物が自らの所有となりながら、それが神的存在の恩寵として意識されるところに、「ことよさし」における独特の所有の位相がある。「開拓せる土地の物産を開陳し、神と共に饗宴することがわが祭事であり、この物を生産するしくみ、――ことよさしとして行はれた生活が、即ち祭りの生活である。故に祭政一致は、単なる宗教の領域に於ける制度でなく、国民の共同生活の原理であり、明白な形で国民の生業の組織の規定である」(10)、「生産《むすび》といふ神の業を人にことよさし給ひ、それによつて人が神の業に合作する。これが勤労の意味にて、道の正しい時に於ては人も神も同じである」(11)と、與重郎が述べている通りである。労働は生産物の獲得ではなく、神の意思を代行するところに目的が置かれており、だからこそ、「ことよさし」にあっては私的所有という感覚が不在なのである。

解放と侵略

このような「ことよさし」という考え方を立脚点として、與重郎はアジア太平洋戦争および大東亜共栄圏の歴史的意義を語りはじめることになる。

まず最初に與重郎は、「ことよさし」を形成原理とする共同体にあっては、私的所有意識が不在なのだから、他の共同体を犯したり、侵略したり、支配下に置くことは絶対にありえないと主張する。「米作を大本とする生活は、自体が平和を原理とする。平和といふものの人間生活的原理は水田耕作の外にない」[12]、「絶対平和の基礎となる生活とは何を云ふか。アジアの米作の個々の生産様式を外にしては、平和の根拠たる生産生活の様式は、どこにも存在しないのである」[13]などの言葉がそれである。アジアの米作文化を継承し、それを共同体の形成原理とする限り、私的所有への欲求そのものがそもそも不在なのだから、他を犯す＝戦争などといった事態を招くことはありえないわけである。

このような議論を前提として、與重郎はアジア太平洋戦争について語りはじめる。もし日本の「国体」やいわゆる大東亜共栄圏が、アジアの米作文化＝「ことよさし」を精神的支柱としているのであるならば、「大東亜戦争」は決して侵略戦争ではありえないことになる。このような考え方を始点として、與重郎の問題意識は日本の「国体」や大東亜共栄圏の本質的性格の見きわめに向かう。「国体」や大東亜共栄圏における「ことよさし」の有無こそが、彼にとっては、「大東亜戦争」が聖戦か侵略戦争かを決定づける絶対的な分水嶺であった。

付け加えれば、このような與重郎の思索は戦後になってから開始されたものではない。もしそうであるならば、彼もまた便乗左翼のごとく勝ち馬にのったにすぎなかったことになるのだが、私が確認しえた限りでも、少なくとも與重郎は『鳥見のひかり』[14]を発表した昭和一九（一九四四）年一一月の段階において、すでに「ことよさし」を思考の出発点として、戦争の性格を見きわめようとしている。

さて、その『鳥見のひかり』であるが、同書において與重郎は、日本の「国体」、あるいは大東亜共栄圏のありように関して、相矛盾する二つの観念が同居し、錯綜しているという見方を示している。與重郎はまず、生産活動がそのまま勤王につながるというのであれば、天皇制は国家社会主義の一変形に過ぎない、このような国家体制によっては大東亜共栄圏に生きる人びとに生きがいを与えることはできない、と指摘する。大東亜共栄圏の基礎は農業にあるべきであり、「米作りを主力とする生活の圏」の「大多数住民に対して、わが神ながら皇道が生色を与へ、安堵を与へぬ筈がない」、「皇道とは農に神ながらの道の伝ることの教へである」というのが、與重郎が目指す大東亜共栄圏の理想的な姿であった。しかし、実際はそれとは逆のベクトルも内包していたと彼は言う。大東亜共栄圏の内部にあって「国際都市的住民」と「大多数の農、人類の文化の原始を営々と築いて伝へてきたアジアの農の民」は文化的に対立関係にある、「今こそ大稜威輝き、その祖々の伝承に生色を与へ、生命甲斐あつた思ひ」、つまり「ことよさし」の心を伝えなければならない、それこそが「皇化」であり、「我が国家観念の明徴」であると言うのである。

『鳥見のひかり』では、日本文化、あるいはアジアの文化について、二つのありようが語られている。一つは、「米作りを主力とする生活の圏」、「無窮の道」である。そして今一つは「国際都市的住民を相手とする文化政策の如き」もの、他者（＝西洋）にとっての他者（＝非西洋）としての日本文化である。後者は外部の眼差しを意識し、それに寄り添う形で構築された、あるいは「国際都市的住民」、西洋文明の共有者にとって了解可能なものになるよう人為的に組み立てられた〈日本文化〉である。

前者の立場に立てば、日本の「国体」や大東亜共栄圏は「ことよさし」に本質的性格を求めることになるが、後者の立場に立てば、それは「国家社会主義」（別の箇所で與重郎は「革新的生産組織」とも言い換えている）と規定されることになる。與重郎にとっては両者の間には絶対的な差異があった。「ことよさし」には信仰があるが国家社会主義にはなく、したがって、勤労の道も生き甲斐も前者にはあるが後者にはない。逆から言えば、「ことよさし」には私的所有の意識や功利的な目標はないが、「国家社会主義」にはある、ということになる（この考え方はやがて三島由紀夫に引き継がれていく）。日本の「国体」も大東亜共栄圏も、「人類の文化の原始を営々と築いて伝へてきたアジアの農の民」にとっては「ことよさし」こそが、その本質的性格である。一方、「国際都市的住民」、西洋文明を摂取した知識階級や官僚、日本のアジアの近代化を推進するテクノクラート、與重郎の言葉で言う「都会人、商業者、知識生活者、政治家、興行師、水商売の者、その他一般に投機面に於て生きる、近代の都市生活者」にとっては、国家社会主義こそが「国体」や大東亜共栄圏の本質的性格を規定していることになる。

さらに與重郎はアジア太平洋戦争そのものについても、アジアと西洋、つまり、「ことよさし」と「国家社会主義」との対立構図の中でとらえようとしている。たとえば、次の文章がそれに当たる。

大東亜戦争を戦つた時の国内の人心には、上下階級とは別個の、西洋近代の発想に従ひ、文明開化の実学の功利観によってこの戦争を考へた者と、維新の真精神をうけついでアジア解放を人道の光栄とした者との間の、氷炭相容れ難い対立があつたのである。戦ひは一つだつたが、戦ふ人の精神は、相容れ得ぬ対立にあつた。この内の戦ひの勝敗は、緒戦の以前に、すでに一方の偉大な敗北として、その負目を負ひ、それを心の底に耐へて戦場へ赴くほかなかつた。(15)

與重郎に言わせれば、帝国日本の侵略主義的性格は、日本が「ことよさし」という本来の民族の姿を忘れひたすら近代化、あるいは西洋化に突き進み、列強同様、アジアを蚕食することになった結果であった。一方、「ことよさし」の精神を引き継ぎ、アジアを西洋から解放しようとした人びともアジア太平洋戦争には参画しており、結果的に大東亜共栄圏、アジア太平洋戦争は侵略と解放の二面を合わせ持つことになった、というのが與重郎の理解であったわけである。

ここで彼は、近代と反近代、西洋と東洋、侵略と解放、功利性と道義性という矛盾する要素が渾然一体となっているような、アジア太平洋戦争のありようを語っている。前章でも述べたように彼は、明治維新の精神には、西洋化を推し進めた福沢諭吉、大久保利通などの脱亜主義と、道義性に文明の本質を求めた西郷南洲、頭山満などのアジア主義の二つの流れがあったと考えていた。侵略と解放が融合したようなアジア太平洋戦争もその延長上にあると考えていたわけである。

しかし、それにしても、大東亜共栄圏をアジア解放の思想と主張したり、西洋近代こそが侵略戦争の根源であると語るなど、東京裁判史観や近代主義イデオロギーからあまりにもかけ離れているため、今日から見れば、與重郎の歴史認識は、狂気と暴力と独善に彩られた、きわめてあぶなっかしい思想のように感じてしまう。しかし、エドワード・サイードは『文化と帝国主義』(16)で、植民地支配のもとにある「原住民は独立闘争のなかで、民族と宗教を同じくし、そして西洋のさらなる侵略に対抗するというアイデンティティーのもとナショナリストの集団として結集してきた」とも語っている。その排他的性格を認めつつも、植民地支配の下にあった非西洋圏のナショナリズムに関しては一概には否定しがたい、とサイードは主張しているわけである。もちろん、現実には抵抗と独善、解放と暴力は分かちがたくむすびつき一体化しているし、目的が手段を浄化すると単純に割り切るにはあまりにも悲惨な出来事を戦争は招来する。それも重々承知の上で言えば、サイードの主張と與重郎の史観は、さほどのへだたりがあるわけではない。史実として日本が東アジアに対し深刻な苦痛を与えたのは間違いなく、その戦争観念やナショナリズムのありように関しては独善的という批判をまぬがれえないとしても、アヘン戦争、ペリー来航、三国干渉など西洋近代との関わりからアジアのたどった道を考えてみる時、與重郎が語る歴史認識を完全に退けることもまた難しいのだ。ここに保田與重郎という難問《アポリア》がある。

イロニーとしてのアジア

ところで、素朴な印象として言えば、與重郎の言う「ことよさし」が、実践的な、あるいは現実的な政治理念になりうるとは、およそ考えられない。ここにはやはり彼の批評の基層を形成する、いわゆるロマン的イロニーとの関わりを認めないわけにはいかない。

與重郎のアジア観念とロマン的イロニーの結びつきに関しては、「エルテルの死以降」（生前未発表、昭和二三（一九四八）年二月から夏にかけて執筆されたと推測されている）に記されている言葉が手がかりをあたえてくれる。この批評では、ゲーテの東方憧憬についてさかんに言及されているのだが、與重郎によれば、ゲーテがアジアに憧れたのは「政治経済と共に、文化や外交、個人生活、趣味その他一切に現はれる」「近代の合理主義を運営する論理に付随する覇道」に対して、ゲーテが深い絶望を味わったからであった。だから、ゲーテにおける東方への逃亡は「近代の教祖をかねたこの詩人の、最も明白な近代への終止符」だったことになる。ゲーテの絶望や偉大な敗北は「真性の浪曼的イロニー」であり、「フリードリッヒ・シュレーゲルの失意的な天才的意味での浪曼的イロニーである」と、與重郎はさらに説明をつづけている。近代文明・西洋文明への絶望と東方・アジアへの憧憬、そしてロマン的イロニーが文脈上ほとんど同じ意味で語られていることが分かる。

イロニーのありように関して與重郎は、さまざまな機会を捉えては繰り返し語っている。「つねに絶対者の啓示をまちつつ、芸術がつねに絶対者に近づき得ない事を自覚し、作家は作品の創造と同時にその破壊の自由をもつ」、「ここにロマンテイクの真のイロニーやフアンタジー観がある(17)」、「浪曼的イロニーは、極端の形でいへば正義と不正義の、勇気と卑怯の、建設と破壊の同時的存在である(18)」、「破壊と建設を同時的に確保した自由な日本のイロニー、さらに進んではイロニーとしての日本といつたものへのリアリズムが、日本浪曼派の地盤となつた(19)」などの言葉が、それである。無限と有限、建設と破壊、正義と不正義などなど矛盾する二極が内面の分裂や混乱を惹起し、それがイロニーを生み出す、どの文章もこのような語調《トーン》で説明されている。

さらに與重郎が圧倒的な影響を受けたシュレーゲルにまでさかのぼると、「発展的文学はしばしば自己破壊するけれども、ただちにふたたび自己創造をおこなう」、イロニーは「自己創造と自己破壊の絶え間ない交替」であるなどの文章が、與重郎によって参照されていることを確認することができる[20]。

無限性への憧れとその形象化という芸術表現の志向性は必然的に、ある難問に陥らざるをえない。既存を破壊し、無限性を表現しようとしても、それを具象化した時点において、すでにその表現はある形なり色なり音、あるいは言葉を与えられてしまっており、有限的存在にならざるをえないからだ。だから、無限性への志向は具象化を完了した時点からふたたびその破壊に向かうことになる。逆から言えば、真に無限性、つまり絶対性を含意する美的理念は、矛盾と混沌としてのみ、あるいは、けっして表象しえないものとしてのみ成立しうる、ということになる。「イロニーは逆説の形式である。良きものにして同時に偉大なるものはすべて、パラドックスである」というシュレーゲルの言葉[21]は、このような文脈から理解できる。

ここで注意しなければならないのは、シュレーゲルにおいては絶対性への憧憬と克己が分かちがたく結びついていることである。イロニーとは無軌道な欲望に身を委ね、破壊を繰り返すことを意味しているわけではない。「幻術の名前が穢されるのは、だらけきった欲情を刺激し「粗野な快楽に媚びるための目先の変わった幼稚な描写と戯れることを文学と名づける場合である」(22)という言葉が示すとおりである。無限性への憧憬とは、物質的欲望という有限性とはあきらかに異質であるような欲求、形而上的世界への憧憬を含意している。ロマン的イロニーは、この世界に住まう経験的自我を否定し、そこから排除されたような情動や憧憬を「絶対的な自我」として解放することを目指している。

もちろん與重郎もまた、このようなイロニーのありように関しては、充分に承知している。「イロニーには近代的な所有感情の『近代』の放棄が付随する。それは現代に於て一種の反プチブルジョア的精神である」(23)という言葉からも分かるように、彼にとって、イロニーを通じて解放される「絶対的な自我」とは、「所有感情としての『近代』」、「自己の中にいる群衆」以外の何者か、つまり、資本主義的、功利主義的社会様式にあって一定の役割を演じる自己以外の何者かなのである。

このように見てくると、與重郎のイロニーとアジア主義が実は地続きの関係にあったことが分かるだろう。無限性への憧憬を本質とする「絶対的な自我」とは、経験的自我、つまり、功利主義的な近代文明、西洋文明、資本主義文明の中にあるような自己存在のありようの破壊を伴わないではいられない。そして、このようなイロニーの美学を歴史認識の手段として用いた際に浮上する観念上の空間が、「アジア」だったのである。時系列で整理するならば、経験世界（近代文明）を否定して自我の無限の解放をめざすイロニーの精神が、陽明学や「ことよさし」と結びつきつつ、独自のアジア観念として結実していったということになる。

カール・シュミットは「困難をロマン主義的に解決するには、可能性をより高いカテゴリーとして設定すればよい。世界を創造する自我の役割を日常の現実の中で演ずることはできない。〔そこで〕永遠の生成と決して完結することのない可能性を、彼らは具体的現実よりも好ましいものとする」と語っている。(24)アジアという仮想の世界秩序を絶対化するということは、経験的自我を支配する既存の秩序の否定と破壊を意味する。だから、與重郎にとっての無限への憧憬と経験的自我の破壊は、近代／西洋の外部的空間である「アジア」という観念上の空間、「ことよさし」という宗教的共同体、米作という歴史的文化的風土に、〈私〉をアイデンティファイする形であらわれることになる。逆から言えば、現実の制約から抜け出す出口を見つけることができない與重郎が、無限性への憧憬という実存的課題を文明論的、歴史的文脈で語ろうとして案出した表象こそが、「アジア」だったわけである。

このように見てくると與重郎のアジア概念はフェノロサのそれとかなり近い場所に位置していると気づく。いずれもマルキシズムから西洋文明の本質を学び、資本主義、功利主義を道義的に超克していく企図をアジア概念の内に内包させている。ただ根本的に違うのは、フェノロサと異なり與重郎は、アジアの民として現実を生きていたことにある。彼にとって、西洋文明の超克はただの甘美な憧れではなく、実存的な問題、本来的な自己への投企としてあった。経験世界、つまり近代文明が席巻する日本の現実との深刻な衝突や葛藤を乗り越えて企図されるような実存的要求としてあったのである。

注

（1）　武田隆夫訳　岩波文庫
（2）　一九三二年の論争に関しては、昭和八（一九三三）年、早川二郎によって訳出され、『アジア的生産様式に就いて』という邦題で白揚社より出版されている。
（3）　注（2）と同じ
（4）　『史學雑誌』昭和七（一九三二）
（5）　服部之総「社会構成としてのアジア的生産様式」『アジア的生産様式論』白揚社　昭和二四（一九四九）・一二
（6）　『日本とアジア』ちくま学芸文庫
（7）　『角川古語大辞典』第二巻
（8）　「農村記」『祖國』昭和二四（一九四九）・九
（9）　『不二』昭和二四（一九四九）・四

（10）注（9）と同じ
（11）注（8）と同じ
（12）注（9）と同じ
（13）注（8）と同じ
（14）『公論』昭和一九（一九四四）・一一
（15）『日本の文學史』新潮社　昭和四七（一九七二）・五
（16）大橋洋一訳　みすず書房　平成一〇（一九九八）・一二
（17）「文学の一つの地盤」『作品』昭和八（一九三三）・六
（18）「武士道と浪曼精神」『いのち』昭和一三（一九三八）・一二
（19）「我國に於ける浪曼主義の概観」『現代文章講座』第六巻　三笠書房　昭和一五（一九四〇）・九
（20）山本定祐訳『ロマン派文学論』冨山房　昭和五三（一九七八）・五
（21）注（20）と同じ
（22）注（20）と同じ
（23）「新しき時代を生むもの」『いのち』昭和一二（一九三七）・七
（24）橋川文三訳『政治的ロマン主義』未来社　昭和五七（一九八二）・一一

終　章　動態としてのアジア

——坂口安吾の日鮮同祖論

はじめに

金達寿は戦争中に皇国史観を小学校で習い、ひどく絶望したと回想している。そして、戦後になって、進歩的と言われる歴史家の手になる歴史書を手に取ってみたが、金にとっては状況は変わらないままであった。「古代の朝鮮にたいする記述は、依然なおおなじものだった。たとえば朝鮮からのいわゆる『帰化人』というものについて、それは古代の朝鮮南部を『征服』し、『支配』したことによって得た『技術奴隷』であったのである」と、金達寿はさらに付け加えている。また古代史家、岸俊男の『日本古代政治史研究』にある「四世紀に始まる大和朝廷の朝鮮計略を」「渡洋作戦であるという観点から、具体的に考究しよう」という一句を引用しつつ、「帰化人史観と表裏の関係にある皇国史観・侵略史観にほかならない」と厳しく批判している。(1)

金達寿はべつに日本民族と皇国史観に対する敵意、朝鮮民族に対する愛着と帰属意識を史観にまで発展させて、優劣の関係を反転させようとしているわけではない。金が批判するのは、歴史が物語る日朝間の文化交流の跡を民族ナショナリズムや皇国史観が歪めて伝えてしまっている、あるいは隠蔽してしまっているところにある。金のもくろみは、古代日本と朝鮮の関係を豊饒な文化の交通空間として描き出すところにあった。そのためには日本中心の歴史観はもちろんのこと、朝鮮中心の歴史観をも退けなくてはならない。
その金達寿は同書の中で坂口安吾の「高麗神社の祭の笛」(2)を、「日本古代史の原型の一つをしめしている」と絶賛している。

『日本の中の朝鮮文化』で引用されている「高麗神社の祭の笛」の一節は、たとえば次のような言葉である。

日本の原住民はアイヌ人だのコロポックル人だのといろいろに云われておるが、貝塚時代の住民はとにかくとして、扶余族が北鮮まで南下して以来、つまり千六七百年くらい前から、朝鮮からの自発的な、または族長に率いられた家族的な移住者は陸続としてつづき、彼らは貝塚人種と違って相当の文化を持っておったし、数的にも忽ち先住民を追い越す程度の優位を占めたものと思われる。

さらに安吾は「天皇家の祖神の最初の定着地点たるタカマガ原が日本のどこに当るか」を詮索する以前に、まず「日本の各地に多くの扶余族だの新羅族だのの移住があった」という事実を考えなければならない、当時はまだ日本という国は確立されておらず、ということは彼らには日本人という意識もなく、「単に族長に統率された部落民として各地にテンデンバラバラに生活しておった」と考えなければならないとも、付け加えている。

ここで安吾が関心を寄せているのは日本民族の成り立ちであるが、安吾は「柿本人麻呂」(3)においてそれを、「アイヌ人だのコロポックル人」と言われた先住民がまず日本で生活していた、そこに「この未開の島国が気候もよく物資も豊かで暮しよいときいて、特に目と鼻の朝鮮半島からは」「移り住む者が日も夜もキリがなくつづいて」、やがて、高度な文明を武器に日本列島を席巻していったと推理している。

移動と抗争

安吾は有史以前の日本を、朝鮮半島などからの氏族の移動が絶えることがなかった東アジア諸民族の雑居空間と見ていたわけだが、天皇家や大和朝廷の成立についてもまた、その延長上において理解しようとしている。

安吾の古代史観を要約して語れば、次のようになる。

朝鮮半島からの移動が相次いだ結果、やがて耕地などをめぐって争いが起きるようになり、一家族や一部族の力だけでは自分たちの生活を守ることができなくなった渡来系諸民族は団結の必要に迫られることになった。そして、出自つまり朝鮮半島においてどの民族に所属していたかによって、団結がはかられるようになっていった。もともと家単位、氏族単位でばらばらに移住していた朝鮮半島からの移住者がこの時点で、民族単位の共同体を形成しはじめたのである。当時、朝鮮半島では高句麗・百済・新羅が三つ巴になって覇権を争っていたが、結果的に場所を日本に移して、三者の争いが行われることになったわけである。そして、最終的に中央覇権を達成したのは高句麗系の民族であり、その高句麗系も聖徳太子系、蘇我氏系、現天皇家系にわかれて、権力争いが繰り返され、最終的に、天智天皇によって、覇権が成し遂げられることになった(4)。

このような古代史観において興味深いのは、朝鮮半島から移住した諸民族の争いがその後の日本の歴史にも影響を与えていたと安吾が考えている点である。朝鮮諸民族による政争が歴史の表舞台から姿を消していく上で、大きな役割を果たしたのは聖徳太子であったと安吾は考えている。「結局、個々に海外の母国と結ぶ限りは、日本という新天地の統一は考えられない。海外の各自の母国以上に有力な、すべての系統の氏族たちに母胎的な大国から直接に文物をとりいれ、それによって個々のツナガリを失わないと日本という統一は不可能だ」と考えた聖徳太子は、「多く支那に使者を送って、支那の法律や諸般の文化を直接とりいれることに目標をおいた」、「日本統一の第一の気運はこれであった」と安吾は言う(5)。渡来系諸民族に対して彼らの文化の母胎である中国系の文化を提示し、大和朝廷を中華文明の一端として位置づけ、朝鮮系諸文化をローカルの側に追いやる。これを通じて、朝鮮系諸民族間の対立や抗争を失効して

「普遍的な文明」を掲げる大和朝廷の名の下に日本を統一する、これが聖徳太子の戦略であったと安吾は推理したのである。

　そして、その後の日本がたどった道を「高麗神社の祭の笛」[6]で安吾は次のように説明する。「聖徳太子発案の直後支那大陸の文物と結んで中央政府を確立する政治の方法へと転じ」、やがて「奈良平安朝で中央政府が確立し、シラギ系だのコマ系だのというものは、すべて影を没したかに見えた」、しかし「実は歴史の裏面へ姿を隠しただけで、いわば地下へもぐった歴史の流れはなお脈々と続」いたと言うのだ。「三韓系の政争やアツレキは」藤原京の時代に歴史の表面から姿を消すが、「日本地下史のモヤモヤは藤原京から奈良京へ平安京へと移り、やがて地下から身を起して再び歴史の表面へ現れたとき、毛虫が蝶になったように、まるで違ったものになっていた。それが源氏であり、平家であり、奥州の藤原氏であり、ひいては南北両朝の対立にも影響した。そのような地下史を辿りうるように私は思う。彼らが蝶になったとは日本人になった」ことを意味する。

　朝鮮半島から渡来した諸民族による政争はすくなくとも南北朝の頃までは続いていたと安吾は見ている。中華文明という普遍的で絶対的な文化を掲げることで大和朝廷が日本の統一を成し遂げたように見えながら、その後も渡来系の争いは続いてた。たとえば平家と源氏の争いというと、私たちは日本国内で行われた日本の氏族同士の政争のように思いこんでしまうが、安吾に言わせればそれは誤りである。もともとは渡来系諸民族が日本で繰り広げた政争であったものが、平城時代、平安時代と年月を経て当事者たちすら自分たちが朝鮮系の氏族であったことを忘れ、日本の氏族として他の日本の氏族と争っていると錯覚するようになったというのである。朝鮮諸民族間の争いであったものが、時を経て、日本の氏族間の争いとして引き継がれていった、あるいは誤解されていったプロセスに、安吾は「日本人」という自己意識の誕生を見ていると言ってもよい。ただ、それは意識や観念のレベルの問題であり、事実のレベルで言うなら渡来系諸民族の争いは、源平の時代はまだ続いていたということになる。

安吾によれば、氏族への帰属意識という形で受け継がれていった渡来系諸民族の共同体意識が最終的に消失したのは、江戸時代に入ってからであった。「頼朝が鎌倉幕府を定めるころには「源平だの何々系というものが全国的に横のツナガリがまだ残っており系譜的にも辿ることができた」。しかし、「戦国時代を経て藩制というものによって分割統一されて平和が来たときに、日本人は改めて藩民となり、祖神も源平も失って藩祖だけを持つようになった」(7)。もともと平家や源氏などのいくつかの氏族に分かれ、そのネットワークは全国に広がっていたわけだが、江戸時代の幕藩体制の下でネットワークは寸断され、藩という閉ざされた共同体の中に日本人は押し込められていった、これが安吾の理解であった。

江戸から明治へという流れの中で共同体の問題を考えることに慣れている私たちは、閉ざされた共同体が有史以前から続いており、歴史の進行にともなってそれが開かれた共同体へと移行していったと考えがちである。しかし、安吾はその常識を転倒している。もともと、氏族のネットワークとして開かれていた共同体が、江戸時代に入り幕藩体制の下、閉ざされていったと言うのだ。言い換えるなら、渡来系諸民族との関わりの中で織りなされてきた日本の歴史は、幕藩体制の成立にともなって東アジアとの関係から隔絶され、自己完結的なものとなっていったと安吾は考えていたと言える。

日鮮同祖論の系譜

ところで安吾は「道鏡童子」(8)で、「物部大臣の娘の一人が、天智天皇の御子施基王子に嫁して、道鏡が生れたのだろうというのは喜田博士の説であるが、私もそのへんが手ごろの説だと思う」と語っている。ここからこのエッセイや同じテーマを扱っている「道鏡」(9)を執筆するに当たって安吾が、戦前の歴史学者、喜田貞吉の「道鏡皇胤論」(10)を参考にしていたのが分かるのだが、おそらくそれだけにとどまらず古代史全体を考える上で、安吾は喜田の学説を手がかりにしている。さきほど紹介した日本民族の起源を問う試みにしても、喜田もまた、「日本太古の民族に就いて」(11)、「日本民族概論」(12)、「朝鮮民族とは何ぞや（日鮮両民族の関係を論ず）」(13)、「日鮮両民族同源論」(14)で試みており、しかも安吾と近似した学説を提示している。

たとえば喜田は日本民族の起源について、「日本は東海に離れた島国で、気候も良い、産物も十分にある、きわめて好い所でありますから」「シナ・朝鮮などにおける民族南下の例に多く見るごとく、この楽土に向って、あとから押しかけてくる圧迫を避けて、あるいは自ら進んで、民族の大挙移住がしばしば行われたに相違ない」と、語っている。[15]日本民族の起源について、先ほど紹介した安吾の認識ときわめて近い見方を示していることを確認することができる。

ところが喜田の民族観や古代史観が背負う歴史的背景を考えていくと、安吾とは似ても似つかぬ、むしろ正反対の意味合いを含意して、その学説が提示されていたことが見えてくる。小熊英次の『単一民族神話の起源』[16]にくわしく整理されているように、日鮮同祖論とは、もともと日本による朝鮮半島の植民地化を背景として、帝国の版図に朝鮮を加える学問的正当性を与えるために案出された学説であった。近代歴史学の分野では、一八九〇年代に星野恒や久米邦武がオピニオン・リーダーの役割を担い、その水脈を引き継いだ喜田が日鮮同祖論を繰り返し唱えたのは大正期である。伊藤博文暗殺をきっかけとした日韓併合を歴史的背景として背負っていたわけだが、喜田の目指したものは帝国の内部における日朝両民族の融和と同化であった。「朝鮮民族とは何ぞや」[17]の結語部分で喜田は「我が日本民族と朝鮮民族とは、本来の要素が同一であるのみならず、その後互いに混淆したこともはなはだ多く、実際上全然同一民族というても差支えないものである」と述べている。「急激なる同化政策を非難し、今時の暴動のごときもその原因の一はここにあると論じている」者もあるが、太古の昔、われわれはすでに一度、民族融和を実現している。そうである以上、もう一度、両民族が同化することも不可能ではないはずだ。日朝両民族の融和が実現した暁には「ただに帝国のために幸福のみならず、また実に彼ら自身の福利を増進」することになるだろう。このように喜田は語っている。

部落差別反対運動に並々ならぬ関心を抱いていた喜田であるから、この提言も主観的には朝鮮民族に対する差別撤廃のもくろみがあったことは間違いない。しかし、そのような喜田の善意を横に置いて今日から眺めるならば、あきらかに喜田は、帝国がすすめようとしている内鮮一体化のイデオローグとしての役割を果たしてしまっている。当時の日本民族と朝鮮民族の力関係からして、この融和は日本民族への朝鮮民族の同化を意味しており、その逆も対等の立場に立った融和もありえなかったはずである。

このように見てくると、皇国史観を嫌悪する金達寿によって絶賛された安吾の古代史論が、実は帝国のイデオローグだった喜田貞吉の日鮮同祖論を下敷きにしているという、一見不可解にも思える事実関係が浮かび上がってくる。この事実を逆から言えば、安吾は同じ日鮮同祖論を論じながらも、喜田の学説が抱える皇国史観との親和性を捨象する形で、自らの古代史観を構築していったということになる。だからこそ、金達寿が安吾の古代史観に同調することができたはずである。

文化と交通

そこで、安吾と喜田の違いを明確にする必要が生じてくるわけだが、たとえば喜田は「日鮮両民族同源論[18]」において次のように述べている。もともと大陸にあった北方系民族、「天孫民族はわが群島国に渡来して、所々に別々の国を建てていたが」「日向に建国したと信ぜられた一族が、最も勢力を有して」、「九州にあって、山川の民衆を同化包容」していった。神武天皇はやがて東へとすすみ、「諸国の君は、依然キミの姓を有しながらもことごとくその臣下となり、天津神・国津神の両系統は、ここに相合して日本民族をなしたのである」。「かくて在来のアイヌ民族・漢族（秦人）はもとより、後から渡来した漢人ならびに百済・新羅・高麗・任那の徒も、皆それに融合してしまった」（傍点、筆者）。

このような喜田の学説と安吾のそれを比べてみた場合、決定的に異なるのは、安吾が少なくとも南北朝の時代までは日本の歴史が東アジアとの交通関係の中にあり、渡来系諸民族の対立と抗争は日本の氏族間の争いと錯覚されていく形で引き継がれていたと述べているのに対して、喜田は神武天皇の段階で渡来系諸民族や先住民族との混血化、同化はほぼ完成している、言い換えれば有史以前の段階ですでに日本民族は誕生していると記しているところにある。印象として言えば、あっさり同化融合してしまっている喜田の古代史観に対して、安吾の日本史観においては、諸氏族がいつまでも対立と抗争を繰り返している。

断片的な史実として史料に残された諸事実を構築し、日本の歴史、とくに古代史を構築していくに当たって、喜田が融和と同化の「歴史」を叙述しているのに対して、安吾は抗争と移動の「歴史」を叙述している。この点において二人の認識論的布置は根本的に対立している。渡来系諸民族との同化を前景化する喜田に対して、安吾は抗争を前景化して叙述しており、二人は同じ日鮮同祖論を唱えながらも、民族間の同化と対立をめぐる遠近法が、完全に反転してしまっているのだ。そして、移動や抗争、交易を含意する、広い意味での交通空間としてアジアを規定し、日本の歴史や日本文化の成り立ちを叙述しようとする安吾の姿勢は、古代史のみならず彼が著したあらゆる歴史エッセイにおいて、ほぼ一貫している。

では、安吾はなぜ日本の歴史や日本文化の起源を自己完結的なものとしてとらえるのではなく、東アジアとの交通関係を視座として再検討しなければならなかったのか。安吾が感じた、交通を視座としない日本文化論の死角とは何であったのか。この問題を考えていく手がかりとして、ここで戦時下に執筆されたもっとも良質な日本文化論のひとつ、西田幾多郎の『日本文化の問題』(19)に眼を転じてみたい。たとえば西田は日本文化について次のように語っている。

我国の歴史に於ては、如何なる時代に於ても、社会の背後に皇室があつた。源平の戦は氏族と氏族との主体的闘争であらう。併し頼朝は以仁王の令旨によつて立つた。(中略)我が国の歴史に於て皇室は何処までも無の有であつた。矛盾的自己同一であつた。(中略)皇道とは我々がそこからそこへといふ世界形成の原理であつた。日本は北条氏の日本でもなく、足利氏の日本でもなかつた。日本は一の歴史的主体ではなかつた。我々は我々の歴史的発展の底に、矛盾的自己同一的世界そのものの自己形成の原理を見出すことによつて、世界に貢献しなければならない。それが皇道の発揮と云ふことであり、八紘一宇の真の意義でなければならない。

西田の日本文化観を具体的に説明すればこういうことになる。平家と源氏というように「日本人」同士が対立・抗争の関係の中に置かれていたとしても、両者はやはり「日本」という同じ共同体に属し、「日本文化」という同じ文化を共有している。個人が対立しながらも、連帯しているような矛盾する関係を、西田は矛盾的自己同一と呼ぶ。それを可能ならしめる力こそ「皇道」あるいは「八紘一宇」の精神であった。どれほど個人間が緊張関係におかれようとも、それどころか皇室と敵対する勢力が登場しようとも、主体はすべて「日本」という共同体の一員として自己同一化されていく。たとえ敵対的態度をもって皇室を眺めたとしても、そのような主体をも皇室は八紘一宇の精神をもって「日本人」として受け容れていくことになる。

このような西田の日本文化論は、喜田の学説を空間的に捉え直したような場所に成立している。あるいは、喜田が最終的に提示するような、日本民族の実体化という帰結点を超越化し、それを前提とする形で、西田の日本文化論は構築されていると言ってもよい。喜田は神武天皇の時代に諸民族の同化と融合の中で日本民族が成立したと語っていた。一方、西田の日本文化論では、日本文化や日本民族、「皇室」は永劫の自己同一性が保証され、たとえ対抗勢力に与したとしてもその外部に抜け出すことができないような、絶対的で超越的な場と見なされている。

このような西田的な日本文化論に対して、安吾が真っ向から否定する立場にあったことは、もはや言うまでもない。たとえば、西田も言及していた源平の争いを取り上げてみよう。先ほども述べたように、もともとは渡来系諸民族が日本内で繰り広げた政争であったものが年月を経て当事者達すら自分達が渡来系であったことを忘却していくプロセスを、安吾はここに指摘していた。しかしそれは当事者間の意識の問題であって、事実のレベルで言うなら渡来系諸民族の争いは源平の時代、まだ続いていたということになる。これを西田の議論と比べてみると、源平の戦いという史実の基底、あるいは本質に何を措定するかという点で、両者がまったく異なっていることが分かる。

西田の議論では源平は対立抗争を繰り返したとしても、それは「皇室」あるいは日本文化という超越的な場で行われた抗争であり、日本や日本文化の自己同一性は揺るぎようがないと見なされる。一方、安吾は、源平の争いの基底に朝鮮半島と古代日本の交通、日本という場所に移して行われた渡来系諸民族の抗争を指摘しており、「歴史現象から文化の本質へ」というプロセスで浮上するはずの、日本なり日本文化なりという超越的な観念が完全に姿を消してしまっている。そこに広がるのは移動と抗争という、物理的空間としてのアジアで繰り広げられた諸現象である。交通という視点から浮かび上がる動態としての、あるいは東アジアにおける一作用としての「日本」においては、西田的な自己同一性が完全に失効しており、したがって「アジア」も「日本」も超越的な観念に昇華されることはない。安吾の史論をどれだけ読んでも、文化の〈本質〉に突き当たることはないのだ。

「アジア」を交通空間としてとらえ直すということは結果的に、「アジア」表象の観念的性格を暴き出すことにつながっていく。それまで実在すると信じられてきた「アジア」が実は、移動と抗争という現象それ自体でしかなかったことが明らかになった時、表象が文字通り表象にすぎないことに私たちは気づくことになる。そして私たちはこの点において、近代日本のアジア観念に関して、坂口安吾の認識が比類ないまでの圧倒的な高みに到達しえていたことを知ることになるのである。

注

（1）『日本の中の朝鮮文化』3　講談社文庫
（2）『文藝春秋』昭和二六（一九五一）・一二
（3）『オール読物』昭和二七（一九五二）・三
（4）注（3）と同じ
（5）「道鏡童子」『オール読物』昭和二七（一九五二）・二
（6）注（2）と同じ
（7）注（2）と同じ
（8）注（5）と同じ
（9）『改造』昭和二二（一九四七）・一
（10）『史林』大正一〇（一九二一）・一〇
（11）『史學雜誌』大正五（一九一六）・三
（12）『国史講義録』大正七（一九一八）・一
（13）『民族と歴史』大正八（一九一九）・六
（14）『民族と歴史』大正一〇（一九二一）・七
（15）注（11）と同じ
（16）新曜社　平成七（一九九五）・七
（17）注（13）と同じ

(18) 注(14)と同じ
(19) 岩波書店　昭和一五(一九四〇)・三

あとがき

森鷗外と辛亥革命について調べたことがきっかけで近代日本のアジア認識について興味を持ってから二〇年以上が経過した。機会のあるたびに論考を書きためてきたが、著書として一冊をまとめる気にはならず、店ざらしのまま長い年月が過ぎた。理由を言えば、結局のところ、このテーマをあつかうには私自身の海外体験があまりにも少なすぎたことによる。長期滞在し、現地の人たちと交流し、異文化や異言語の壁に突き当たり、可能ならば歴史的な事件に遭遇し、その結果として獲得される認識がどのようなものなのか、まったく想像もできず、このテーマで著書をまとめることをあきらめかけていたわけである。

ところが、二〇一四年四月より二〇一五年三月まで一年間、研究員の身分で台湾、淡江大学に在籍する機会を得ることになった。ニーハオ、シエシエしか分からないのに五〇歳に近くなってからはじめての、しかも妻子をつれての長期にわたる海外渡航は思いのほか大変だったが、収穫も大きかった。

アニメーションや漫画、ゲームなどの若者文化を発信する日本、高い技術力を背景に圧倒的な経済的豊かさを実現した日本、礼儀正しい日本、そんなイメージを、多くのアジアの人たちは共有している。しかし、同じ日本が先の大戦でアジアの人びとに深刻な苦痛を与えたのも事実なわけで、滞在中、親日の立場にある、とくに若い人たちが正と負、二つの日本イメージの間に立って、とまどっている姿を複数回目撃した。実際、「どちらが本当の日本なのか？」と直接、質問を受けたこともあった。

また、滞在中アジア、とくにマレーシア出身の学生の語学力の高さにも大きな驚きを覚えた。中国や台湾の学生ももちろんよく勉強するのだが、マレーシアの学生、その中でも華僑の学生は、中国語（北京語）や広東語はもちろん日常会話くらいなら英語、マレーシア語もあやつる。日本語も合わせて五カ国語をあやつる学生さえいた。そのような彼らの人生態度が、私たち日本人と比べて、共同体の羈束から圧倒的に自由なものであることは言うまでもない。

そのほかフィリピン系、ベトナム系などなど、けっして豊かとは言えないアジアの人たちの暮らしぶりを間近に見たこと、第四章で言及した霧社事件の舞台を訪れたのも貴重な体験であった。霧社には日本統治時代に建てられた鳥居が形状を少し変えつつも、いまだお寺の参道に立っており、日本統治時代の警察官舎も廃屋となりつつも取り壊されることなく残っていた。恩讐を超える度量の広さなのか、無頓着なのかは分からなかったが、とにかく霧社という抗日のシンボル的な場所に日本統治時代の建造物が残されていたことには、驚き、かつ、とまどいを感じた。

これらさまざまな体験を通じて、近代日本とアジアの問題に関する自分の立ち位置が、なんとなく定まってきたことが、本書をまとめるきっかけになった。日本から離れてアジアから日本を眺めた時、アジアを眺めた時、どのような風景が見えるのか、そして、私たちはアジアの問題について何を考えるべきなのか、おぼろげながら、その輪郭が見え始めたように感じたわけである。この体験をふまえて、これまで書きためてきた文章に全面的に手を加え、さらに佐藤春夫に関する論考を書き足すかたちで一冊にしたのが本書である。

このような経緯で本書をまとめるまでの間に、当然のことながら多くの方々からご助力をたまわることになった。

まずは、在外研究の機会を与えていただいた京都橘大学に謝意を表したい。加えて本書出版に当たっても京都橘大学からは、学術出版助成をいただくことができた。あわせてお礼申し上げたい。

さらに研究員として在籍を許していただいた台湾、淡江大学の諸先生方、台湾での資料調査に際してお世話になった富田哲先生に謝意を表したい。また、日本語しかできない私の研究活動を支えてくれた淡江大学日本語文学系の学生諸君にもあわせてお礼申し上げたい。ありがとうございました。

二〇一五年九月二〇日

野村幸一郎

野村　幸一郎（のむら　こういちろう）
1964年三重県伊勢市生まれ，立命館大学大学院文学研究科博士後期課程修了，博士（文学），京都橘大学教授，日本近代文学専攻，『森鷗外の歴史意識とその問題圏』（晃洋書房，2002年），『小林秀雄　美的モデルネの行方』（和泉書院，2006年），『宮崎駿の地平』（白地社，2010年），『白洲正子―日本文化と身体』（新典社，2014年）など

日本近代文学《にほんきんだいぶんがく》はアジアをどう描《えが》いたか　新典社選書 74

2015 年 11 月 2 日　初刷発行

著　者　野村幸一郎
発行者　岡元　学実

発行所　株式会社　新 典 社

〒101－0051　東京都千代田区神田神保町1－44－11
営業部　03－3233－8051　編集部　03－3233－8052
ＦＡＸ　03－3233－8053　振　替　00170－0－26932

印刷所　惠友印刷㈱　製本所　牧製本印刷㈱

ISBN 978-4-7879-6824-1 C0395
http://www.shintensha.co.jp/　E-Mail:info@shintensha.co.jp

新典社選書

B6判・並製本・カバー装　　＊本体価格表示